OFFERT PAR NELSON

Vendredi Le 3 Avril 2015

D0986165

# LA DANSE DES OBÈSES

PATRICK ISABELLE

# La danse des obèses

*roman*

LEMÉAC

Ouvrage édité sous la direction
de Maxime Mongeon

*Leméac Éditeur reconnaît l'aide financière du gouvernement du Canada par l'entremise du Fonds du livre du Canada pour ses activités d'édition et remercie le Conseil des arts du Canada, la Société de développement des entreprises culturelles du Québec (SODEC) et le Programme de crédit d'impôt pour l'édition de livres du Québec (Gestion SODEC) du soutien accordé à son programme de publication.*

ISBN 978-2-7609-3383-5

© Copyright Ottawa 2014 par Leméac Éditeur
4609, rue D'Iberville, 1ᵉʳ étage, Montréal (Québec) H2H 2L9
Dépôt légal – Bibliothèque et Archives nationales du Québec, 2014

Mise en pages : Compomagny

Imprimé au Canada

Un désir. Un désir fou. Sa peau blanche, immaculée, parfaitement lisse sur sa musculature. Tous ses traits semblaient avoir été pensés, dessinés avec précision, comme un chef-d'œuvre, une icône. Chaque courbe, chaque mouvement. Chaque zone d'ombre. Le corps parfait. J'avais treize ans. Peut-être quatorze. Un tout petit Émile, mal dans sa chair, en pleine croissance, apprenant à vivre dans la peau dont il avait hérité. L'âge maudit où les changements sont si nombreux qu'ils sont à peine compréhensibles. C'était le temps de l'adolescence ingrate où plus rien de ce que j'avais connu enfant n'avait de sens. Tout était chamboulé, transformé en pensées impures et dérangeantes. À cette époque-là, pour moi, tout avait un impact démesuré, une lourdeur, un poids incommensurable. Le moindre drame devenait tragédie. Le moindre toucher devenait amour.

Ma mère avait cru bon prendre en main notre santé. Désespérée par la corpulence de mon père et par sa propre taille, elle avait décidé que je devais non seulement suivre le régime qu'elle nous imposait, mais qu'il fallait également que j'aille avec eux, trois jours par semaine, au centre de conditionnement physique auquel elle nous avait brillamment abonnés. J'avais commencé à élargir, beaucoup trop, sans toutefois grandir, au grand dam de ma pauvre mère, qui s'était juré qu'elle ne laisserait pas sa progéniture se vautrer dans l'obésité. Je devais donc la suivre, honteux, dans son local d'aérobie et suivre les pas, au rythme des madames contentes qui montaient et sautaient sur leurs petites marches roses, au rythme de la musique populaire du moment, en suivant la professeure, trop mince, trop parfaite dans son costume ajusté.

Dans le vestiaire, j'étais assis, reprenant mon souffle, tentant d'éponger la sueur qui giclait de partout, à travers chaque pore de ma peau grasse d'adolescent. Jamais je ne me douchais sur place. Je prenais soin de me cacher le plus possible, de changer de vêtements à une vitesse alarmante, n'osant pas dévoiler mon corps dodu, pubère et sale. C'est là, dans ce vestiaire-là, un soir de décembre, que pour la première fois j'ai levé les yeux.

Je n'avais jamais posé le regard sur un homme nu avant, je n'en avais jamais vu. Il était là, devant moi, dans toute son assurance. Il a retiré sa serviette, sans la moindre gêne, me dévoilant son long sexe, parfaitement circoncis, pendant entre ses cuisses solides et musclées, ses jambes élancées, poilues, reluisantes de propreté. Son poil pubien noir allait se perdre soigneusement dans le duvet de son ventre, plat et découpé, ses hanches taillées par un couteau invisible. Son torse glabre, d'une droiture irréelle, ses deux mamelons durs régnant fièrement sur sa poitrine ferme, inexistante. Ses cheveux tombaient sur ses épaules larges, comme sculptés dans du marbre. Un début de barbe apparente contournait sa mâchoire carrée au milieu de laquelle ses lèvres minces m'ont souri. Il m'a regardé en me faisant un clin d'œil complice et a tranquillement continué d'essuyer son corps parfait, encore humide de la douche qu'il venait de prendre. J'ai baissé les yeux, honteux et gêné de m'être fait prendre, mais curieux de tenter encore un autre regard vers lui, son dos droit, glissant vers la courbe de ses fesses rondes et belles, parsemées de poils virils.

Jamais avant je n'avais vu le corps dénudé d'un homme. Jamais avant je n'en avais eu l'occasion. C'est là, dans ce vestiaire-là, un soir de décembre, que pour la première fois, quelque chose en moi s'est installé, une étrange sensation. Le soir venu, dans la noirceur de ma chambre, je me suis masturbé violemment, la tête pleine de l'image de cet homme-là que je ne connaissais pas, qui avait partagé avec moi sa nudité, le plus normalement du monde, sans inhibition. C'est le premier souvenir que j'ai d'avoir éjaculé avec autant d'ardeur. Ensuite, plus rien n'a été pareil.

J'ai grandi, vieilli, habité par la vision de ce corps. Chaque porno, chaque rencontre, chaque baiser étaient hantés par lui, je n'arrivais pas à m'en défaire. J'ai passé le plus clair de mon adolescence à revenir à cette fois-là, dans le vestiaire, jusqu'à me remettre en question, jusqu'à en avoir peur. Je me suis rendu à l'âge adulte, tourmenté, dévoré par le fantasme de cet homme. Beaucoup plus tard, j'ai compris que ce que j'avais longuement appréhendé comme de l'homosexualité n'avait rien du désir. Au contraire.

Il s'agissait d'envie. J'ai fait de cette envie une obsession, un fantasme si intense que sa ligne avec le désir était devenue d'une minceur presque invisible. J'enviais ce corps. Il représentait pour moi l'absolu, la quête ultime. Je voulais posséder ce corps, qu'il soit à moi, être en lui. Pouvoir le toucher, sans arrêt, tous les jours. Savoir ce que ça fait d'être physiquement incarné dans un pareil vaisseau, d'être beau et de se savoir beau. J'imaginais mon âme, mon visage fusionnés à sa peau, à ses os, ne faisant qu'un avec sa masculinité, sa virilité. C'était un idéal. L'excellence.

Je suis arrivé à l'âge adulte, prisonnier d'un corps qui n'était pas le mien, qui était faux. La représentation que je m'étais construite de l'homme, le vrai, que tout autour de moi m'avait dictée comme étant le modèle à suivre, ne me revenait pas quand je regardais dans le miroir. Rien en moi ne ressemblait à cette perfection. J'avais déifié son corps, je l'avais chéri pendant des années pour me retrouver différent en tous points. Au final, je m'étais handicapé. Je m'étais interdit le droit d'être beau, d'être sexuellement attirant. Parce que j'avais érotisé ce corps. J'en avais fait une condition. Je nageais donc dans l'ambiguïté sexuelle, incapable de me situer en tant qu'homme. Je n'étais qu'Émile, destiné à regarder la vie avec des yeux d'enfant, aux prises avec une enveloppe corporelle déficiente qui ne savait attirer personne. Je me suis fragilisé, infantilisé, culpabilisé.

Je n'ai jamais été assez bon pour l'érotisme. Pour l'amour non plus. La société a cultivé mon stéréotype de beauté et a anéanti tout espoir qu'un jour j'entre dans le moule préfabriqué de l'esthétisme physique. L'envie s'est transformée en jalousie, puis en haine. Incapable de connecter avec mes semblables, avec leurs corps minces, leurs muscles, leurs sports et leur virilité. Le monde s'est changé en publicités, en images de marque, et je suis resté ostracisé, condamné à l'amitié, à la pitié. À l'incompréhension.

Ce n'est que beaucoup plus tard, alors que la vie m'avait déjà apporté son lot de déceptions et de blessures, que j'ai senti, pour la première fois, se poser sur moi un regard chargé d'envie.

Un regard de désir. Un désir fou.

À partir de là, le monde tel que je le connaissais s'est écroulé.

En entrant dans le local S-238, la panique m'a envahi. La grandeur de l'endroit m'a surpris. On aurait dit une palestre, un gymnase, une immense salle de répétition. Au fond, le mur était tapissé de miroirs. Ici et là, des tables, des chaises, des tapis d'exercices. Il y avait bien des années que je ne m'étais pas lancé dans l'inconnu, et me retrouver soudainement dans un coin de la ville dont j'ignorais l'existence me procurait un malaise inattendu. Je me suis revu à vingt ans, mon manteau long, mes Doc Martens, mes cheveux longs, ma désinvolture, courant d'une audition à l'autre dans une métropole nouvelle à mes yeux, remplie de possibilités. Je me suis revu à vingt ans, courant les auditions, sans gêne et inconscient, l'ego gonflé à bloc. Cet Émile-là aurait pris son pied par une journée semblable. Celui que j'étais devenu ne se sentait toutefois pas à sa place, comme si chaque mouvement que j'effectuais faisait détonner le décor dans lequel je m'étais immiscé.

Mon cœur s'est mis à battre plus vite, pris de panique. Pendant un instant, j'ai eu envie de fuir, de prendre mes jambes à mon cou et de sortir de cette immense bâtisse grise et bleue, aux vitres sales, aux lourdes portes métalliques. Fuir cet édifice horrible qui semblait oublié, presque effacé, en attente d'une destruction inévitable ou d'une renaissance en condominiums de luxe pour jeunes professionnels, comme dans le reste des vieux quartiers de la ville, où tout ce qui y mourait se transformait en habitations à la mode. Mais j'avais besoin d'argent. J'avais besoin de manger. Ne serait-ce que payer mon loyer.

Je me suis trouvé un coin tranquille et je me suis assis pour remplir mon formulaire, dégustant le mauvais café que je m'étais procuré au rez-de-chaussée. Perdu dans le frottement que faisait mon crayon sur la feuille, j'ai tenté de me calmer. Ma tête était pleine de Rebecca. Quelques heures auparavant, je l'avais laissée en colère dans les marches qui menaient à mon appartement. Je l'avais abandonnée avec le petit dans les bras, ingrat et têtu, comme toujours, en lui disant de ne plus venir me voir. *Je veux que tu sortes de ma vie, Becky. Je suis tanné de tes histoires, de tes menteries, de tes osti de téléromans. Je suis tanné que tu me prennes comme solution de rechange quand ça fait ton affaire.* Ça me hantait. Ça me tuait un petit peu chaque fois. La rejeter m'avait vidé de toute énergie. Je lui avais tout simplement tourné le dos dans l'espoir de ne plus jamais la revoir, pendant que le petit criait mon nom en pleurant.

Mal à l'aise, je me suis redressé sur mon siège de bois. J'ai déposé la tablette dûment remplie à côté de moi, et j'ai calé le liquide brunâtre, infect, d'un trait. Je détestais les auditions. Mais les contrats étaient pour la plupart assez lucratifs, je ne pouvais pas me permettre de refuser les rares appels que mon agence me trouvait. Généralement, je me retrouvais figurant dans une allée d'épicerie, dans une mauvaise pub. J'ignorais complètement en quoi consistait celle d'aujourd'hui. La gentille fille de l'agence me l'avait dit, mais je n'avais pas écouté. Un défilé, un spectacle quelconque. Pourvu que ça paie.

J'ai saisi mon sac pour y prendre mon carnet de notes, celui que je traînais en permanence avec moi dans l'espoir qu'un jour j'y écrirais l'idée du siècle pour un futur roman qui ferait de moi le grand écrivain qui, je le savais, était tapi au fond de moi. Je n'avais pas pris conscience de la fébrilité qui s'était installée autour de moi, le bruit sourd des conversations chuchotées et des rires nerveux, l'odeur de la sueur, d'un vestiaire. L'odeur de la gêne. Ça m'a frappé, d'un coup, comme une gifle de l'intérieur. Ils étaient tous là, comme si tout cela était parfaitement normal, comme s'ils s'y attendaient, comme si c'était prévu.

Ils étaient tous obèses.

Des gars énormes, grands et gros, avec des mollets comme des pattes d'éléphant dans leurs jeans trop serrés. Des hommes corpulents, leurs seins énormes, pendants, mal à l'aise dans leurs t-shirts à la mode, moulant leurs moindres bourrelets, affichant les montagnes et les vallées qui remplaçaient leurs colonnes vertébrales. Des filles charnues, les fesses énormes, bombées, de trop dans leurs jupes en laine. Des femmes abracadabrantes, issues d'un autre siècle, portant leurs chairs comme des trophées, arborant leurs ventres devant elles comme un fardeau, le dos courbé. Ici, une petite avec des hanches énormes et de tout petits seins qui lui donnaient l'air d'une poire. Là, une grande avec les épaules d'un joueur de foot, la carrure d'un garde du corps et des seins comme des pastèques, une géante, une ogresse.

Obèses.

Mon regard s'est arrêté sur le gars en face de moi, l'air déglingué, les cheveux dépeignés, humide de sueur, le visage rougi par la chaleur. Son ventre semblait se déployer de tous les côtés, comme si le haut de son corps avait été transplanté sur les mauvaises jambes.

C'était moi.

J'étais en train d'observer le reflet que l'immense miroir me renvoyait.

J'étais l'un d'eux. Et j'étais là parce que j'étais gros. Je n'avais pas été convoqué pour mon talent, mon expérience ni pour mon beau visage. Ils n'avaient vu que ma graisse, que ma corpulence. Et moi, je m'étais jeté dans la gueule du freak show avec la naïveté d'une petite fille, croyant qu'on voulait de moi pour mon charisme, pour mon sourire charmant.

Je n'ai pas osé bouger. Je suis resté assis là, sur ma chaise en bois inconfortable, à me fixer dans le miroir, gros parmi les gros.

Humilié.

Obèse.

J'étais rendu là.

Vraiment.

À l'aube de la trentaine, force m'était de constater que je ratais ma vie. Perdu dans un entre-deux, j'avais laissé mon dernier emploi dans l'espoir de consacrer la majeure partie de mon temps à l'écriture. Depuis, je courais les contrats à la pige avec un désintérêt monumental, une certaine distance qui me permettait d'écrire à peu près n'importe quoi, sur n'importe qui, n'importe quoi, n'importe comment, pourvu que je puisse payer mon loyer, aussi modique fût-il. La solitude, qui depuis toujours avait été mon alliée, commençait à être lourde, insupportable. Jamais auparavant je ne m'étais laissé influencer par la pression sociale qu'on exerçait sur moi. J'avais décidé de porter mon célibat à bout de bras, fièrement, au risque de finir vieux garçon. D'une naïveté sans borne, j'attendais l'amour, le vrai, celui qui me renverserait de nouveau et qui redonnerait à ma vie un sens. J'avais passé la majeure partie de ma vingtaine à cultiver une relation plus que malsaine, avec une fille qui me contrôlait, qui me mentait, qui se jouait de moi et qui profitait de l'amour que j'avais pour elle. Rebecca avait tout gâché en me quittant, sans crier gare, un matin. Oiseau de nuit et fêtard invétéré, j'ai gaspillé ce qui me restait de jeunesse au détriment de mon foie, de ma santé et de la vie. Le cœur brisé, démoli, mal recollé,

15

j'avais foncé vers le restant de ma vie avec une attitude de rock star, comme si la vie n'avait pas de lendemain, comme si chaque jour n'avait d'importance que dans le plaisir immédiat. Un jour, me disais-je, un jour l'amour reviendra me hanter, et à ce moment-là je m'arrêterai et je vieillirai avec le sentiment d'avoir vécu.

J'étais rendu là.

Et pourtant je ne m'étais jamais senti aussi seul, aussi laid, aussi désemparé. En vieillissant, il y a les amis qu'on perd, ceux qu'on laisse aller et ceux qui restent par défaut. Ceux-là avaient fini par se caser, par faire des enfants, par m'abandonner à mon sort. Pour eux, j'étais un acquis dont ils n'avaient plus à se préoccuper. Chaque échec, chaque défaut, chaque nouvelle devenaient pour eux une banalité, un sujet de conversation. Je n'étais plus au centre de mon monde. Je le regardais de l'extérieur, comme on regarde un film, et lentement je me suis exclu du cadre. Par autodéfense au début, puis par orgueil, jusqu'à me convaincre des bienfaits de ma marginalité.

Je me suis embourbé dans la routine, me victimisant, moi, pauvre homme sans défense contre la société méchante qui m'imposait sa façon de faire. Des heures, des journées assis devant un écran d'ordinateur, à travailler, à écrire, à me divertir, à me masturber. Des soirées devant mon écran de télévision à consommer, consommer, consommer, le cerveau ramolli, en état végétatif, comateux. Joint après joint, cigarette pardessus cigarette, verre après verre. Je me suis autodétruit sans remords en vivant par procuration dans les romans imaginaires que je n'avais jamais la force d'écrire. Sans rien voir, sans rien vivre, j'ai engraissé. Je suis devenu l'image de ce que je ne voulais pas être, de ce que je redoutais de devenir.

Je suis devenu gros.

Personne ne m'a arrêté, personne ne m'a rien dit. On m'a regardé m'enliser dans l'obésité avec indifférence et, quand on a osé parler, quand on a osé s'interposer et parler, il était trop tard. Je me suis réveillé un matin et j'étais hideux.

Je n'avais pas baisé depuis bientôt trois ans. J'étais désormais un objet de dégoût, un rejet de mon espèce. Ma vie m'avait enlaidi, engraissé jusqu'à me faire disparaître derrière un visage qui ne me ressemblait plus. Ces instants de lucidité me venaient de temps à autre, juste assez longtemps pour augmenter la haine que je cultivais à mon égard. Et plus je pilais sur mon estime, plus je la voyais s'éloigner. Au début, j'enrageais, je me convainquais que j'allais changer, que c'était assez, que je me prendrais en main. Dans mon délire, je me fixais des objectifs irréalisables. Je les voyais si clairement que je finissais par vivre à travers l'image que je m'étais faite de mon avenir. À force de vivre dans ma réalité parallèle, j'ai fini par grossir encore plus, aveuglé par l'illusion d'un possible. Chaque instant de lucidité faisait naître une tristesse profonde, celle qui installe un vide implacable au fond des tripes. Un vide que je pleurais en m'empiffrant de tout ce que je pouvais trouver dans mon appartement. Plus je m'apitoyais, plus je me gavais. Plus je me gavais, plus je cultivais ma laideur et plus je m'apitoyais.

Tranquillement, j'ai fini par me complaire dans mon cercle vicieux.

Elle était venue vers moi, d'instinct. Grasse et gracieuse, les cheveux courts, teints d'un rouge vif, elle m'a immédiatement plu. Son visage rond, ses minces lèvres peintes d'un rouge aussi violent que ses cheveux, ses sourcils quasi inexistants dessinés au crayon, ses paupières colorées, son manteau de poils bleu, ses bottes de cuir. Elle avait l'air d'une vedette et, malgré ses rondeurs, je la trouvais plutôt belle. Elle m'avait demandé du feu pour s'allumer une longue cigarette à la menthe. Bouche bée, je lui avais tendu mon briquet.

— Merci, qu'elle m'a dit en me le remettant, soufflant du coup sa première bouffée partout autour d'elle, comme une protection. T'es ici pour la répétition?

— Euh... Je sais pas trop. J'suis ici pour une rencontre préparatoire.

Elle s'est mise à rire.

— OK, toi, t'as aucune idée dans quoi tu viens de t'embarquer, hein? Moi, c'est Joanna, c'est ma deuxième année.

J'ai serré sa petite main gantée. Son français était impeccable, mais j'y décelais un petit accent charmant, une musicalité fascinante.

— Moi, c'est Émile, et j'ai aucune idée dans quoi je viens de m'embarquer.

— *Don't worry, honey,* t'es *cute,* tu vas bien t'en sortir!

Après l'entrevue, j'avais eu envie de pleurer. De m'empiffrer. De me soûler. D'oublier que j'avais été convoqué à une assemblée de gros. Le pire, c'est que quelque chose au fond de moi espérait q'on me rappelle. Parce que mon frigo était vide. Parce que plus personne ne voudrait me prêter un sou. Parce que je n'avais rien d'autre. On n'engage pas les gros. Puis, à ma grande surprise, le téléphone avait sonné. Au bout du fil, une dénommée Sophie m'annonçait que ma candidature avait été retenue. Je devais me présenter pour deux journées de préparation avant l'événement, pour lesquelles, évidemment, j'allais être rémunéré.

Je me retrouvais donc à l'entrée de la grande bâtisse grise et bleue, dans le froid de l'hiver. C'est là que j'ai rencontré Joanna pour la première fois. Et elle avait raison. Je n'avais aucune idée de ce que je faisais là. Sa présence, du coup, m'a rassuré. Nous nous sommes retrouvés dans le beige du vieil immeuble, dans l'immense salle de répétition où, quelques jours auparavant, j'avais eu l'illumination de me savoir obèse et exploité. Nous étions une trentaine à avoir été retenus. Ils n'avaient gardé que les plus beaux d'entre nous. Obèse, mais joli. Mince consolation.

— Tu vois l'homme, *over there?* qu'elle m'a demandé. *That's him,* c'est lui qui organise la soirée. Jean-Marc Hudson.

— C'est lequel?

— Celui avec une barbe.

Jean-Marc Hudson. L'homme qu'elle montrait discrètement du doigt se tenait debout dans un coin de la salle, entouré de son assistante et d'un autre homme qui, j'allais le découvrir, était Jashan, le metteur en scène de toute cette mascarade. Hudson arborait un air austère et observait la foule rassemblée avec intérêt pendant que la jeune fille lui murmurait des directives dans l'oreille. Il me semblait bien ordinaire.

19

— *And who the fuck is* Jean-Marc Hudson ?
Joanna m'a regardé, incrédule, et s'est esclaffée.
— Vraiment, tu sais pas ? *He's some kind of visual artist.* Je connais *fuck all* là-dedans, mais il paraît qu'il est super connu à travers le monde. *All I know is : the guy,* c'est un *big shot. He owns half of this neighborhood.* Jean-Marc Hudson. Le nom me disait vaguement quelque chose. Selon elle, il avait fait sa fortune dans le monde du spectacle et vivait, depuis, une vie extravagante dans les plus grandes villes de la planète. Pourtant, je ne voyais qu'un homme âgé, presque blasé, voire mal à l'aise dans son cardigan. Il me donnait plus l'impression d'être un prêtre qu'un artiste visuel.

Je me suis repris un autre café et, à moitié assis sur la longue table, j'ai écouté Joanna me parler avec son petit accent anglophone mignon. C'était simple avec elle, je n'avais même pas besoin de faire un effort, elle faisait tout le travail à ma place. Je n'avais qu'à sourire et acquiescer de temps à autre. Elle parlait avec une telle passion que je me retrouvais avec deux hypothèses : soit elle me montait un immense bateau dans lequel je tombais corps et âme, soit je venais de m'embarquer dans quelque chose de beaucoup plus épique que je ne le croyais.

Jean-Marc Hudson organisait, chaque année, pour son anniversaire, une grande fête, un grand bal burlesque où tout le gratin de la ville était convié. Ses fêtes n'avaient jamais lieu au même endroit ni à la même date. Elles étaient un secret bien gardé, *underground,* et seuls les plus astucieux et les plus méritants se voyaient remettre une invitation. Chaque année, le thème différait. L'année d'avant, Joanna avait réussi à obtenir le rôle d'une femme à barbe sexy.

« *The whole place was like a fuckin' freak show,* si tu vois ce que je veux dire. Des numéros de cirque partout, des danseurs, des nains en *suit* qui servaient des cocktails.

*It was fuckin' weird,* mais aussi très très beau. J'ai jamais rien vu d'aussi spectaculaire que ça. C'était comme un *huge circus* mais pour adultes. *The kind of thing you only see in movies.* C'est un des meilleurs *gig* que j'ai jamais faits. *And the best thing is,* j'ai fait au-dessus de trois mille dollars ce soir-là, *just to be there and be as weird as I could be.* Tu imagines ? »

Et j'imaginais. L'assistante de Hudson s'est avancée pour prendre la parole et je me suis assis, pensant à ce que j'allais bien pouvoir faire dans cette soirée de gros. Jubilant, surtout, à l'idée de tout cet argent que j'allais peut-être gagner. J'écoutais sans vraiment entendre, la tête ailleurs.

Ça faisait deux semaines que j'étais sans nouvelles de Rebecca.

Rebecca.

Son nom même était devenu, avec le temps, tabou. Elle était comme une drogue et je m'étais autodétruit à coups d'elle, aveugle. De toutes les années sous son emprise, je ne retirais plus que de mauvais souvenirs auxquels je m'attachais, pour ne pas penser à ceux où j'avais été heureux. C'était essentiel. Tout dans notre histoire avait été malsain.

Rebecca, mon premier amour, mon premier coup de foudre vertigineux. J'étais tombé sous son charme dès l'instant où je l'avais vue. Avec elle, je m'étais senti beau et important. Elle riait de mes blagues, elle buvait mes mots, plongeant ses yeux dans les miens. Elle m'appelait à toute heure, juste pour entendre le son de ma voix. J'étais fraîchement débarqué dans ma vie d'adulte et j'avais l'impression de vivre l'amour comme on le voit dans les films. Nous avons passé des semaines entières ensemble, fusionnés l'un à l'autre. Elle me parlait de sa vie extraordinaire, des gens qu'elle connaissait. C'était une source inépuisable d'inspiration. Je l'admirais avec toute mon innocence.

Tranquillement, elle m'a isolé de mes parents, de mes amis. Elle m'a manipulé. Lorsque je me suis rendu compte qu'elle me mentait depuis tout ce temps, que tout ce qu'elle me racontait était de la foutaise, il était déjà trop tard. J'étais déjà follement amoureux d'elle. En me racontant sa vie imaginaire, elle m'avait ensorcelé, littéralement. Malgré le fait que je la savais mythomane, elle continuait d'exercer sur moi son emprise. J'étais faible. Je l'aimais. Alors je suis resté. Des années, auprès d'elle, amoureux fou, inconditionnellement, à souffrir en silence qu'elle ne retourne pas mes sentiments et, quand elle a fini par tomber dans mes bras enfin prête à s'engager auprès de moi, j'ai reculé. Aussi douloureux que ça pût être, j'ai fini par la rejeter. À ce moment-là, je n'avais plus le choix, c'était une question de mort. Elle m'avait plongé dans une dépression complète et profonde. Elle est partie, un matin, vers l'Europe. Elle avait besoin de se trouver, de faire du ménage dans sa vie, dans sa tête. Elle n'était *plus capable de me faire de la peine*, ça lui faisait trop mal. Et je l'ai crue, dupe, et apparemment toujours aussi naïf. J'avais tout fait pour l'effacer de ma vie, mais j'ai vécu son départ comme une trahison, une déchirure. Je ne m'en suis pas remis, pas tout de suite. C'est elle qui dictait ma vie depuis tant d'années, je ne savais plus comment retomber sur mes pattes.

Avec le temps, la vie a repris son cours. Mais j'étais brisé. Elle avait emporté avec elle le peu d'estime que j'avais pour moi, ma confiance, ma jeunesse. Il ne me restait qu'une poignée d'amis assez fidèles pour avoir compris que je n'étais plus moi-même avec elle. En revanche, le mal avait été fait et la plaie s'infectait. Chaque fille, chaque lueur d'amour me rappelaient Rebecca. Je fuyais ces rencontres, incapable de faire confiance, de croire qu'on pouvait m'aimer. Incapable de croire. C'était son héritage. Ma maladie. Et dans ma convalescence, je passais à côté de l'amour.

Au moment où ma vie a semblé se stabiliser, elle est réapparue. Elle est débarquée avec un bébé dans les bras qu'elle m'a tendu en pleurant, en me racontant l'histoire horrible de sa création et de son père infâme, violent et dangereux. Elle avait fui et revenait refaire sa vie, tranquille, élever son enfant dans de meilleures conditions. Quelque chose dans la chaleur de ce bébé a tout effacé, comme si tout ce qu'elle m'avait fait subir n'avait jamais existé. J'ai cru, en toute bonne foi, qu'elle avait changé, qu'elle avait fait table rase de ses démons et qu'elle était prête à être sauvée.

Je les ai pris sous mon aile, sous ma protection et je me suis lancé corps et âme dans son salut. Je lui ai prêté de l'argent, trouvé un logement confortable avec une chambre pour le petit, je l'ai meublée, nourrie. Je l'ai consolée. J'ai été là pour elle, l'écoutant pendant des heures me raconter comment il avait été ignoble, violent et abusif, comment elle avait eu peur pour sa vie. Pendant qu'elle se cherchait un emploi, j'ai passé mes journées avec le petit, l'aimant comme si c'était le mien. J'ai vu ses premiers pas, entendu ses premiers mots. J'ai été chaviré par ses étreintes, ses caresses, par l'amour qu'il me prodiguait, comme si j'étais son père. Je me suis attaché. Rebecca continuait de me raconter ses téléromans, mais je savais désormais où s'arrêtait la vérité et où commençait le mensonge. Je me sentais utile, voulu et nécessaire. Dans notre petite bulle, nous formions une petite famille parfaite, et dans les yeux de Becky, je voyais enfin de l'admiration.

Ça ne dura pas.

Quand elle m'a annoncé qu'il s'en venait, je n'ai pas compris.

— Qui ça, « il » ?

— Le père de mon enfant. Il vient s'installer avec moi pour être là pour son fils. Tu comprends, ça va beaucoup m'aider, il va pouvoir garder le p'tit et m'aider financièrement.

Elle aurait dû me tuer, là, dans sa cuisine. Elle aurait dû prendre un revolver et m'achever. L'effet aurait été moins brutal. Je venais de quitter mon emploi... pour écrire, certes, mais surtout pour pouvoir m'occuper d'elle, du petit.

— Je comprends pas, t'arrêtes pas de me dire que c'est un enfant de chienne, qu'il t'a battue, qu'il t'a menacée de t'enlever le p'tit, qu'il...

En le disant, j'ai compris que je m'étais fait avoir, encore. Elle m'avait utilisé. Il n'y avait jamais eu de nous. Il n'y avait eu qu'elle. Je lui avais tout donné, et d'un coup elle reprenait tout. Tout ce qui sortait de sa bouche, ensuite, n'était que des mensonges, que des excuses insensées. Elle essayait tellement de me convaincre qu'elle réussissait à y croire. Ma plaie, à peine cicatrisée, venait de se rouvrir, de se remettre à saigner. Rebecca n'y avait enfoncé le couteau que plus profondément.

C'est le petit qui me manquait le plus. J'avais déjà coupé les ponts avec elle avant, le refaire faisait mal, mais n'avait rien de nouveau. L'affection du petit, son rire joyeux, ses yeux moqueurs, la façon qu'il avait de m'imiter... j'avais perdu ma raison de me lever le matin. Elle ne m'avait pas achevé cette fois-là, mais elle avait tué ce qui me restait d'orgueil et d'amour-propre.

Je me retrouvais désormais devant rien.

Je me suis versé un autre verre du liquide cristallin, une autre dose d'oubli. J'avais envie de pleurer. De m'empiffrer. De me soûler. D'oublier Rebecca. D'oublier que j'avais été convoqué à une assemblée de gros. D'oublier les deux jours que je venais de passer à répéter, chorégraphier une danse pour obèses. Une danse morbide dans laquelle je n'avais pas eu le choix de me plonger.

Dans la noirceur de mon appartement, la sonnerie du téléphone a brisé le silence, dérangeante. Affalé sur le tapis de mon salon, je n'ai pas trouvé la force de bouger.

*Émile ? C'est môman. Ben coudonc, j'appelais juste pour prendre de tes nouvelles, là, savoir si tu venais souper bientôt. Tu me rappelleras quand t'auras le temps. OK ? Bye.*

*No matter what happens, just stick to the fuckin' plan.*
Tout s'est bousculé. Jashan a continué de faire le tour de tout le monde, hystérique, comme une diva en manque d'héroïsme. Autour de moi, il y avait des dizaines de personnes comme moi, dans leur costume. Ça sentait la sueur, la nervosité à plein nez. Le sexe. Caché derrière mon masque, j'ai observé les autres, à moitié nus, portant leurs costumes fièrement. J'étais dégoûté, horrifié à l'idée que je pouvais leur ressembler.

Quelque part derrière moi, Joanna se dissimulait derrière son masque, un corset étouffant ses courbes, dédoublant ses bourrelets, faisant exploser sa poitrine de tous les côtés, sans pitié. Je ne la voyais pas. Elles étaient toutes semblables. J'avais beau chercher désespérément une touffe de cheveux rouges, ma vue s'embrouillait, mon cœur menaçant de quitter ma poitrine à tout moment.

Dans la loge, assoiffé, gêné par les autres, je m'étais replié sur la boisson qu'ils avaient mise à notre disposition dans un immense distributeur orange. Je m'étais fusionné à mon verre comme si c'était une bouée de sauvetage et je m'étais abreuvé à maintes reprises, comme si c'était la dernière chose que j'allais boire de ma vie. Ce n'est qu'après mon cinquième verre qu'on m'a informé qu'il s'agissait d'un mélange de boisson énergisante et d'alcool. Je le ressentais maintenant. J'étais prêt à défoncer des murs.

*Just remember what you have to do, where you have to be. After the great entrance, you are free to be and do whatever you want. Just keep it hot and show them what you've got, okay ?*

J'ai serré les poings. L'envie de le massacrer, de le faire taire. J'avais passé deux jours à l'entendre crier dans mes oreilles sous le regard amusé de Sophie, méprisante. Deux journées de complète humiliation à exposer mon corps maladroit à des inconnus beaucoup trop à l'aise avec leur amplitude.

J'ai pris une grande respiration en essayant de me rappeler les pas dans ma tête, de refaire le chemin, mais je n'arrivais qu'à me concentrer sur le *buzz* assourdissant de la foule réunie de l'autre côté du rideau. D'un instant à l'autre, j'allais être projeté dans l'arène, dans la fosse aux lions. Plus question de reculer maintenant. Mal à l'aise dans mon short trop serré, j'ai tenté d'essuyer la sueur qui me brûlait les yeux sous mon masque. Tous les pores de ma peau ruisselaient de la texture brillante dont on m'avait badigeonné. J'avais l'air d'une boule de Noël. J'avais l'air ridicule.

*Sex. Sex. Sex. Just keep thinking about sex ! Break a leg !*

Quelque part, au loin, les lumières se sont éteintes dans un fracas, annonçant l'inévitable. Mon estomac a fait trois tours sur lui-même, comme si je venais d'être propulsé à cent kilomètres / heure dans le néant. La musique a envahi l'immense salle, enveloppante. Plus rien d'autre n'a existé pendant un instant sauf le rythme entêtant d'introduction. Quand la basse a attaqué sa première mesure, le lourd rideau mauve a disparu, aspiré d'un coup vers le plafond, et les projecteurs ont tous pris vie instantanément, aveuglants et chauds. Irréalistes. Puis plus rien n'a eu de sens.

Au rythme de la musique, sous les regards hébétés des invités, nous avons entamé notre danse comme des robots. Nous avons effectué notre menuet lancinant, au quart de tour, parfaitement. Chaque seconde a semblé se suspendre en moi, comme si chacun de mes gestes était ralenti par la grandeur de la chose. L'endroit était vertigineux. Aux quatre coins de l'entrepôt, des obèses étaient prisonniers de leurs cages, suspendus au plafond. Au-dessus de la scène centrale, des acrobates voluptueuses se balançaient dans le vide avec grâce, tournoyaient sur elles-mêmes comme des cygnes gavés. De partout sont apparues les muses grasses, se frayant un chemin entre les tables vers nous, distribuant des masques à profusion. Bientôt, toute la salle s'est retrouvée masquée, comme nous. La seule chose qui nous distinguait était notre semi-nudité, notre grosseur, comme un poids. Et je continuais ma chorégraphie, en parfaite symbiose avec les autres, synchronisés dans un ballet d'obèses à grand déploiement. La lumière se reflétait sur nous, donnant l'impression que nous brillions de tous nos feux. C'était d'une beauté à couper le souffle. C'était parfait.

Miraculeusement, tous mes maux ont disparu ; mon mal de dos, mon tour de rein, mes jambes douloureuses sous chacun de mes pas, ma timidité, ma pudeur. C'était comme si j'étais devenu autre chose qu'humain. Je m'étais métamorphosé en énergie pure, happé par la danse grotesque. Et je me suis laissé aller, pour la première fois, j'ai lâché prise.

Derrière nous, du fond de la scène, Jean-Marc Hudson est apparu, confortablement assis sur un trône transporté par une armée d'esclaves, tous plus corpulents les uns que les autres, mais plus couverts que nous. Dans son complet en velours émeraude, son petit foulard au cou, il semblait s'amuser follement, tenant son loup au bout d'un petit bâton. Pendant un instant, j'ai cru qu'il m'observait, comme si nos regards s'étaient enfermés l'un dans l'autre. Puis la chanteuse a fait irruption du plafond, assise sur une énorme balançoire, la musique a changé de rythme, une basse furieuse, un riff de guitare rapide, hallucinogène. Je la connaissais. Je l'avais vue à maintes reprises sur mon écran de télévision. Son nom m'échappait, mais elle faisait beaucoup parler par son poids, ses costumes extravagants et sa façon de livrer des performances ultra sexuelles sur scène, sans retenue. Sa voix contagieuse a empli la vieille usine et les projecteurs se sont mis à tournoyer dans tous les sens. À ce point-là, nous étions tous sur scène, et nous avions pour mandat de danser librement, au rythme de sa voix, de sa musique. Une fois Hudson immobilisé, sur la scène, nous retrouvions notre libre arbitre et nous devions nous mêler à la foule d'invités, leur faire passer un moment inoubliable.

J'avais déjà perdu le contrôle. Je sentais l'effet de la boisson posséder mon corps, obscurcir mes pensées. Il n'y avait plus que le moment, la musique, la danse. Derrière mon masque, j'étais un dieu, une muse. J'étais beau. Malgré ma graisse qui tremblait de partout, malgré mon ventre qui se soulevait à chaque saut, retombant frénétiquement, mes seins pendants. J'étais sublime. Malgré ma lourdeur, j'étais léger. Malgré les autres, nous étions devenus majoritaires, normaux, puissants. De partout sont venus les acclamations, les cris, les hurlements de joie. Une pluie de confettis dorés nous a assaillis, des centaines de ballons ont déferlé du plafond. La voix de la chanteuse s'est amplifiée, extasiée, pénétrant dans mes tripes comme un coup de poing. Le chaos. Dans ma transe, j'ai cru voir Joanna au loin, dansant lascivement, enlacée par deux autres danseurs. J'ai cru voir Hudson me fixer. J'ai cru sentir des mains me caresser, descendre le long de ma taille.

La chanteuse a atterri à mes côtés, flamboyante, plus grosse que nature, concrète. En poussant sa note, elle m'a agrippé et m'a emporté dans sa danse, dans sa voix. J'ai quitté mon corps, un instant, assez pour voir l'immense salle vibrer au diapason de sa musique infernale, pour me voir sexy et sexuel, sans limites, me frotter contre la star voluptueuse. Derrière mon masque, je n'étais plus personne. L'anonymat m'a envoûté, et je me suis permis d'être ce que je n'aurais jamais osé être en temps normal. Émile n'existait plus. J'étais une bête de cirque savante, un phénomène. La chanteuse a poussé un dernier cri, puis les lumières se sont éteintes. Quelque part dans le néant, à travers le bruit des applaudissements, j'ai laissé un peu de ma fierté.

L'adrénaline, l'alcool, la chanteuse, l'énergie venaient de me transformer. Les projecteurs multi-colores ont repris vie sous le rythme entêtant de la musique électronique. La chanteuse avait disparu aussi vite qu'elle était arrivée. La fête était lancée. Déjà, l'armée de danseurs se dispersait aux quatre coins de la salle pour aller faire bouger les invités. Ici et là, des nains sont sortis des cuisines, portant des plateaux à bout de bras remplis de consommations diverses sur lesquelles les gens se sont jetés avec conviction. Avancer. Reculer. J'étais figé sur place. Autour de moi, la scène s'est transformée en piste de danse géante et j'ai vite été entouré d'inconnus, quelques-uns masqués, d'autres assumant pleinement leur plaisir. La voix d'Hudson a retenti dans les haut-parleurs. *Bienvenue, mes amis, bienvenue à ce grand bal annuel!*

J'ai tenté de me frayer un chemin à travers la piste, mais on me retenait de tous les côtés. Des mains. Partout sur moi, leur peau me touchant, violant mes pores, caressant ma sueur. Leurs haleines d'alcool, leurs odeurs de sexe. Le parfum cheap et la crème de menthe. Leurs regards perfides, perçants, m'observant, me jugeant, le visage masqué, anonymement, lâchement. J'ai fermé les yeux, pris de vertige, de nausée. Je me suis laissé emporter par la vague, impuissant.

Mon contrat stipulait que je devais me mêler aux festivités pendant au moins une heure, servir de divertissement. Les laisser me regarder, danser, boire, rire, chanter. On me payait pour livrer mon corps à la fête, à ce cirque déplorable. Je me suis mis à respirer mieux. J'ai attrapé le premier nain venu et j'ai agrippé un verre, puis deux. Boire. Boire le plus possible. J'étais assoiffé, essoufflé, perdu. Une main m'a agrippé l'épaule.

Jashan s'est posté à un millimètre de mon visage, souriant, les yeux exorbités, possédés, brillant de mille drogues. Sa voix, son cri, imperceptible, enterré par la musique, semblant venir de loin, très loin. *Tu as été amazing out there! Come with me! Follow me!* Je l'ai suivi, aveuglément, pour m'en sortir, parce que je n'entrevoyais aucune autre solution. Il m'a tendu un verre que j'ai calé d'un coup en tentant de ne pas m'évanouir dans l'escalier. Ce n'est qu'une fois dans la cage que j'ai compris où il m'emmenait.

De là-haut, le spectacle était fascinant, presque irréel. Orgiaque. Les boules de miroir illuminaient les masques et donnaient à l'endroit l'air d'un océan de diamant. Les invités dansaient allègrement, buvaient, se souciant peu des autres, comme s'ils avaient tous été hypnotisés. À mes côtés, Jashan avait détaché sa chemise et se déhanchait comme une fillette devant son miroir. J'ai jeté un regard au gars qu'il venait de chasser hors de l'endroit. Il a haussé les épaules et a disparu par l'escalier que je venais de gravir. C'est donc de ça que j'avais l'air dans mon costume? J'ai voulu partir, mais Jashan s'est interposé, me bloquant la sortie de son bras. *You're not going anywhere, my friend. Jean-Marc te veut ici.* Il a fait un signe de la tête. En le suivant, je l'ai vu. Il était là, assis sur son immense trône, devant moi, plus bas, observant sa fête, régnant sur sa soirée comme un roi. Il me regardait droit dans les yeux. Je me suis à nouveau retourné vers Jashan en soulevant mon masque.

— Tu me niaises-tu? que je lui ai crié.

— *Trust me, Émile, it'll be worth it* quand tu vas recevoir ton chèque de paye!

Il a pris mon masque, l'a remis bien en place sur mon visage et tranquillement, en continuant de se déhancher, il a retiré son bras et a repris sa danse. J'étais pris au piège. J'étais observé. J'étais vulnérable. J'étais vide. J'ai fait signe à une naine de monter et je me suis claqué quelques verres de plus. Puis je suis retourné dans la cage, lui donner le spectacle qu'il attendait de moi, le cœur au bord des lèvres.

Me couvrir. Jamais, auparavant dans ma vie, n'avais-je eu autant envie de me couvrir, de sentir du tissu sur ma peau. Me cacher. Cacher ce corps qui semblait ne pas m'appartenir, celui que je traînais depuis trop longtemps et qui venait de faire de moi l'objet d'une exposition morbide et débridée. J'aurais voulu me doucher, me laver de la sensation désagréable qui collait à ma peau, me purifier. Je me sentais sale, sali et déshumanisé.

Je suis entré dans la loge en coup de vent, osant à peine respirer, comme si je sortais d'un rêve. L'air frais a choqué mon corps bouillant et un frisson a parcouru ma colonne vertébrale. J'avais enfin l'impression de redevenir moi-même. J'ai enlevé le masque et je l'ai jeté sur le comptoir avec une violence que je ne me connaissais pas, presque du dégoût. Le miroir illuminé me renvoyait mon corps dénudé, maquillé et brillant, perlé de sueur. J'avais l'impression que ma peau était imprégnée de l'odeur de tous les parfums des mesdames et des messieurs qui avaient osé m'effleurer, de l'odeur de Jashan. Je pouvais presque apercevoir le musc qui se dégageait de moi et qui m'entourait comme une aura.

Au-dessus du lavabo le plus proche, j'ai aspergé mon visage d'eau froide. Calmer mes esprits, revitaliser mon visage. J'avais besoin de redescendre sur terre après l'intense dose d'adrénaline et d'alcool que j'avais fait subir à mes entrailles. Un jeune homme est entré dans la loge derrière moi, à moitié nu lui aussi, mais arborant un torse entièrement poilu. Il a enlevé son masque et j'ai reconnu son visage sympathique dans le miroir.

— Es-tu correct?

Il m'observait, apparemment inquiet de m'avoir vu disparaître à la course vers les loges. La tête toujours penchée vers le lavabo, je l'ai rassuré en lui disant de ne pas s'en faire. Il a semblé satisfait et s'est dirigé vers le buffet qui avait été préparé pour nous à l'autre bout de la pièce. Il a pris une grande bouchée de son sandwich en déposant tout son poids sur la chaise la plus proche.

— Méchante gang de *weirdos*, hein?

Je n'avais aucune envie de lui faire la conversation. J'ai trouvé mon sac et je me suis habillé en panique, je n'ai même pas pris la peine de retirer mon costume. Une fois mon chandail de laine enfilé, j'ai fouillé dans mon manteau, comme paniqué, et j'ai enroulé mon foulard autour de mon cou. Me couvrir, le plus possible, pour arrêter de me sentir nu, indécent. J'ai ouvert la sortie de secours et je me suis jeté à l'extérieur, désespérément, comme si je manquais d'air.

Un silence étourdissant. Un silence lourd et bénéfique s'est jeté sur moi, et enfin, le calme est revenu, mon cerveau a arrêté de tourner sur lui-même. Le vertige est parti, la nausée aussi. J'ai pris une grande respiration, profonde, pour que l'air hivernal emplisse mes poumons, je voulais sentir le froid s'installer au fond de ma cage thoracique et ne plus le laisser sortir. Je me suis assis dans l'escalier de métal, ignorant la glace qui s'était formée sur la marche. J'avais besoin de me reposer et de chasser l'anxiété qui était venue me hanter, pour la première fois depuis des années.

Dans la noirceur de la ruelle, je me suis allumé une cigarette et j'ai laissé la nicotine faire son effet réparateur. Comme un junkie, ma dose m'a fait un immense bien, et assez rapidement j'ai senti les chatouillements de pur bonheur envahir mon ventre. J'ai relâché la tension, j'ai lâché prise et j'ai craché la fumée avec soulagement.

La porte s'est ouverte de l'intérieur, et une petite tête rouge a fait son apparition. Joanna s'est approchée de moi. Sous son manteau ouvert, elle portait toujours le peu de costume qu'on lui avait confié. J'ai laissé mon regard se perdre dans ses seins, bien tassés dans le corset qu'on leur faisait subir. Puis son ventre, lisse et blanc comme la neige autour, comme de la porcelaine. Quelque chose dans ses talons et ses jarretières donnait à sa silhouette un élancement que je ne lui connaissais pas et donnait à ses cuisses charnues des allures de confort.

— *Hey babe, are you okay, there?*

— *I am now.*

Sa présence me plaisait. Il y avait chez elle une force tranquille qui me rappelait bizarrement celle de ma mère. Elle dégageait tant d'assurance et semblait si convaincue de plaire qu'elle en devenait affreusement sensuelle. J'avais envie de me lover contre elle et de me perdre dans la chaleur de son étreinte, dans le douillet de sa graisse.

Elle se tenait devant moi, imposante, splendide. Ses cuisses sont venues rejoindre mes genoux et, sous ses cheveux rouges, presque mauves sous l'éclairage de la lune, ses grands yeux verts, surlignés grossièrement de beaucoup trop de noir, ont cherché à me séduire. De sa petite main gantée, elle est venue chercher ma cigarette et en a pris une grande bouffée, théâtralement, comme une actrice de film noir et blanc, et me l'a remise entre les lèvres, laissant traîner ses doigts sur ma bouche un instant.

— *You're cute.*

C'était la deuxième fois que je l'entendais me dire ces mots. Et, pourtant, je m'étais rarement senti aussi laid. Aussi hideux. Assumer ma grosseur me prenait, en général, toutes mes forces. L'exposer ainsi demandait à mon orgueil beaucoup trop d'efforts. Joanna ne semblait pas, en revanche, y être indifférente.

— C'est juste un job, *honey*. Mets-toi pas dans un état comme ça. *Come here.*

Elle a posé un doigt sous mon menton et par sa simple pression, mon corps s'est soulevé et ma bouche a rencontré la sienne. Elle m'a embrassé, amoureusement, comme il y avait longtemps que je n'avais pas été embrassé. Un baiser sincère, rempli de conviction, mais un baiser timide aussi. Presque nerveux. Elle a éloigné son visage du mien et je suis resté là, suspendu entre son corps et l'escalier, comme en apesanteur. De sa main, elle m'a rassis sur la marche congelée.

Elle m'a fait un petit sourire, un petit clin d'œil. J'ai entrouvert la bouche, pour dire quelque chose, n'importe quoi, pour la remercier peut-être, mais aucun son n'est sorti. Elle a fait demi-tour et elle est rentrée à l'intérieur, me laissant de nouveau seul, électrifié, bandé, tentant de comprendre ce qui venait de se passer… Comme un enfant de douze ans.

Je suis retourné à l'intérieur. Dans le bruit sourd de la musique qui faisait rage dans la salle à côté, plusieurs des employés de la soirée avaient envahi la salle qui servait de loge. La plupart, toujours dénudés, se servaient allègrement dans le buffet et riaient entre eux, comme de vieux amis. L'un d'entre eux, me voyant, m'offrit son poing en gage de complicité. Je heurtai son poing fermé avec le mien, par solidarité, amusé par autant de camaraderie après ce que nous venions de vivre. Pour eux, la situation semblait normale, banale. Je n'arrivais toujours pas à comprendre comment hypersexualiser leurs corps obèses pouvait les mettre d'aussi bonne humeur. Mais j'avais encore le goût des lèvres de Joanna dans ma bouche et le mélange de nos salives avait agi sur moi comme un calmant.

J'ai attrapé une bière au vol et je me suis ancré dans un des sofas mis à notre disposition. Quelqu'un avait réussi à ouvrir la porte qui communiquait avec la loge des filles, et bientôt, les deux sexes se sont mélangés pour, à leur tour, festoyer. Quelqu'un a branché des haut-parleurs et une autre musique est venue se mêler à celle que l'on entendait de la salle à côté. L'éclairage a changé subitement, et ici et là ça se félicitait, ça s'embrassait, ça apprenait à se connaître. Nous venions de créer notre propre fête, *fat only*.

Jashan a fait irruption dans la pièce, visiblement soûl, gelé sans doute, et s'est mis à faire des accolades à tout le monde. Notre numéro avait été un franc succès, et nous devenions, l'espace de son ivresse, les meilleurs artistes qu'il lui avait été donné de rencontrer. «Du sexe, du sexe partout. Vous avez explosé de sensualité, c'était écœurant! Toute la ville va parler de nous autres demain. *Hudson is so happy with you, guys!* C't'un succès, gang, c't'un succès!»

J'ai eu peur, pendant quelques secondes, qu'il vienne s'asseoir près de moi, qu'il ose venir me parler après ce qu'il m'avait fait subir, mais Joanna est apparue, dans ses vêtements normaux, cette fois. J'ai repensé au baiser que nous nous étions échangé et j'ai eu envie de la retrouver à nouveau sur mes lèvres. Elle s'est assise près de moi, une bière à la main, incroyablement sexy dans sa robe de velours. Une vision. Un cadeau de Noël.

J'ai voulu lui dire quelque chose, mais Jashan s'est étalé de tout son corps rachitique, entre nous deux, sur le sofa.

— Émile! J'ai failli oublier...

À deux pouces de mon visage, les yeux mi-clos, vitreux, Jashan s'est penché sur moi, son haleine d'alcool puante agressant mes narines. Je pouvais presque y goûter. J'ai tenté de m'éloigner de lui, mais son corps alourdi par trop d'alcool semblait vouloir fusionner avec le mien, encore une fois.

— Sophie... Sophie, *she was looking for you.* Elle veut te voir dans la galerie au deuxième étage.

J'ai interrogé Joanna du regard. *Who the fuck is Sophie?* lui ai-je demandé silencieusement, du bout des lèvres.

— Sophie, c'est l'assistante de Hudson. Grande, brune, bête? *You know.*

J'ai repoussé Jashan et je me suis levé, calant tout le contenu de ma bouteille. J'ai été la déposer sur le comptoir et je suis retourné vers le sofa pour demander à Joanna de bien vouloir m'attendre avant de rentrer. Mais elle était déjà en pleine conversation avec Jashan. M'ignorant complètement, elle a continué de faire semblant de ne pas m'entendre et je suis parti rejoindre Sophie, la laissant seule aux prises avec l'hindou, ivre et insupportable.

Dans le hall, la fête débordait. Plusieurs invités quittaient la soirée pendant que d'autres, plus jeunes, plus jolis, gagnaient leur droit d'entrée. Ils avaient manqué le spectacle, les hors-d'œuvre, les discours, mais ils arrivaient pour la débauche, sans bottes, sans manteaux, avec des gueules de vedette. La soirée ne faisait, apparemment, que commencer. J'aurais voulu être comme eux, être parmi eux. Être des leurs. Je les ai regardés pénétrer dans la grande salle en attendant l'ascenseur qui semblait prendre une éternité à venir. Ils étaient beaux, splendides dans leurs vêtements griffés, dans leur peau parfaite. Moi, personne ne me regardait plus. J'étais redevenu le déchet que j'étais, retiré de force avec mes semblables dans mes fringues moches, destiné à boire de la bière, enfermé dans une loge tandis qu'eux allaient se réjouir dans les bulles gratuites avec le gratin du gratin. Les portes de l'ascenseur se sont refermées sur moi, comme une prison. Je m'y sentais mieux.

L'écho de mes pas a retenti dans la galerie, plongée dans l'obscurité. Seules les petites lumières au-dessus des tableaux éclairaient la pièce, ce qui donnait à l'endroit l'air lugubre, comme une église. Sous mes pieds, je pouvais sentir la vibration causée par la basse, étouffée par l'épais plancher de bois. Il n'y avait personne.

— Sophie?

Rien.

Je m'avançai dans la galerie, observant du coin de l'œil les tableaux me recrachant la lumière en plein visage. Sur d'immenses toiles blanches, quelques coups de pinceau, des couleurs vives, sombres. Chacun était différent et pourtant si similaire. Je n'y comprenais rien, mais je n'aimais pas l'effet qu'ils avaient sur moi. Ils étaient trop esthétiques, trop propres, loin de tout ce que je connaissais, de ce que j'étais. Ils représentaient l'entièreté de ce que je rejetais du monde. Au bout de la galerie, j'ai aperçu une lumière orangée, chancelante, qui venait d'une autre salle.

De l'autre côté, dans l'antre du grand foyer, brûlait un grand feu. Sa chaleur enveloppait la pièce, et les flammes faisaient valser sur les murs l'ombre de l'immense statue postée en son centre. En la regardant de près, je m'aperçus qu'il s'agissait d'un homme tordu par la douleur. Son corps semblait se défusionner et sur le point d'éclater. Chaque craquement du feu faisait crier la statue sur les murs blancs qui l'entouraient. La scène était impressionnante et je doutais que qui que

40

ce soit ait déjà eu la chance de la voir ainsi, sous pareil jour, dans le silence pesant de la noirceur.

— Émile…

J'ai sursauté. Perdu dans l'œuvre d'art, je ne l'avais pas entendu entrer dans la pièce. Il s'est avancé vers moi et m'a tendu la main, solennellement.

— Désolé, a-t-il dit d'une voix grave, presque un murmure, je ne voulais pas te faire peur. Je m'appelle Jean-Marc. Jean-Marc Hudson. C'est ma fête aujourd'hui.

J'ai serré sa main sans rien dire, en hochant la tête, comme un idiot. J'étais encore sous le choc de mon sursaut. Je ne m'attendais pas à lui. J'ai regardé autour, pour voir s'il y avait quelqu'un d'autre avec lui, Sophie peut-être, n'importe qui. Mais nous étions seuls. Sa présence m'intimidait. Et sa main continuait de serrer la mienne, sans que je sois capable de me défaire de son étreinte. Comme s'il m'avait hypnotisé. Il s'est approché de moi, plus proche.

Dans un murmure, comme s'il me disait un secret, il a porté ses lèvres à mon oreille :

— Esti que t'es beau.

Le froid a envahi la ville de nouveau, s'y est installé sournoisement et tranquillement, les arbres dénudés craquant sous le givre. L'hiver. Sur le bord de la rivière, j'ai erré sans but, le vent fouettant mon visage. Au loin, le centre-ville semblait sortir de nulle part, mal à l'aise dans le paysage, de trop dans l'horizon. Le soleil couchant donnait au ciel métropolitain des airs de Cézanne et, perdu dans la beauté du tableau qui s'offrait à moi, épuisé d'avoir marché à peine quelques coins de rue, je me suis assis sur un banc.

Je me suis allumé une cigarette, incapable de bouger, de me lever, de partir. Hypnotisé par le paysage, par le bruit des rapides au loin, j'ai fixé le néant, la tête trop pleine, le cœur trop lourd. Il y avait tellement de pensées qui me traversaient l'esprit que je suis tombé dans un état second, comme dans un épais brouillard. Chaque pensée allait et venait sans que je l'assimile, je fermais la porte de ma conscience pour ne plus qu'être, là, dans l'instant présent.

La soirée avait laissé un arrière-goût amer dans ma bouche, dans mes muscles. Je ne m'en remettais que tranquillement. Au-delà de l'épuisement physique, l'humiliation, l'utilisation qu'ils avaient faite de moi avait éveillé un sentiment inconnu qui me rongeait l'intérieur. Comme de la haine. Une haine puissante et indirigeable. Indigérable. Chaque fois que je réussissais à trouver le sommeil, j'étais envahi par des flashbacks de la soirée, d'images de Jashan se frottant sur moi, caressant mon corps. Je me revoyais, dansant, donnant tout ce que j'avais à l'intérieur, repoussé par mes pulsions, mais allumé par le fait d'être désiré. Chaque fois, je me réveillais en sueur, un goût de vomi sur les lèvres. Je pouvais presque sentir à nouveau l'odeur de Jashan, son parfum citronné, dégoûtant. Je n'arrivais pas à croire que je m'étais laissé aller jusque-là, pour quelques dollars. J'étais rendu bas. Trop bas.

Je me suis allumé une autre cigarette.

Je fumais. Par habitude, pour étouffer le reste. Je ne respirais la fumée qu'à moitié parce qu'elle me coupait le souffle, mais j'avais besoin du goût amer du tabac dans ma bouche. Je ne me sentais en vie que lorsque je sentais mes poumons se contracter et recracher les nuages gris que je leur imposais. Je fumais pour m'attacher à quelque chose, à l'image positive que la cigarette m'avait donnée adolescent, comme un besoin de m'accrocher au premier sentiment d'acceptation, à la sensation inouïe de grandeur. Pourtant, j'étais à bout de souffle. Mais arrêter signifiait m'enfoncer davantage dans ma condition physique. C'était l'ultime insulte que je pouvais faire à mon corps. Alors je continuais de fumer, compulsivement, maladroitement, comme un boulimique.

J'ai pensé à Rebecca, à combien j'avais pu l'aimer inutilement. Comment j'avais eu peur de ses sentiments envers moi, de sa beauté. Malgré son insistance, je continuais de croire que c'était trop beau pour être vrai, qu'aucune fille comme elle ne pouvait être attirée par moi. C'était sans doute pour cette raison qu'elle avait réussi à me manipuler aussi aisément. J'aurais tout fait pour avoir une femme comme elle à mes côtés. Mais la peur du rejet était beaucoup plus forte. Le petit me manquait. Plus que je ne voulais l'admettre. Goûter au bonheur pour ensuite se le voir arracher était douloureux. Quelque part, dans la ville au loin, il devait être dans les bras de son père biologique, sans la moindre idée de la folie de sa mère. Ça me rendait infiniment triste. Ça aurait dû être moi. Si seulement j'avais été moins con. Si seulement elle ne m'avait pas menti.

Puis j'ai repensé à Jean-Marc Hudson, à la proposition qu'il m'avait faite, au regard fou qu'il avait posé sur moi. J'ai frissonné. Un flocon de neige s'est posé sur mon visage brûlant de froid. Je suis sorti de ma torpeur et je me suis forcé à me lever, mes jambes endolories par trop d'exercice, auquel elles n'étaient plus habituées. Quelques rues et j'étais chez moi, à l'ombre de la ville, dans mon petit quartier en ruine. Charmant.

J'avais besoin de boire, de fumer, de parler. Besoin d'exorciser.

J'ai offert le joint à Cédrik en m'étouffant. C'était un peu comme avant, dans nos années folles de cégep, quand on partait sur un trip, n'importe où pourvu que l'alcool y coule à flots. Je ne le voyais plus très souvent, nos vies avaient pris bien des détours et ceux-ci ne s'étaient pas recroisés souvent. Mais de temps à autre, quand la vie devenait intense, pour l'un comme pour l'autre, on se retrouvait, boire un verre, parler, pleurer, peu importe. Tout était permis avec Cédrik. Il me connaissait mieux que moi-même.

— OK, Émile, je te l'accorde, c'est l'affaire la plus tordue qui t'est arrivée depuis un boutte !

Il m'a redonné le joint et nous nous sommes mis à rire, comme deux adolescents. Sa présence à mes côtés me faisait du bien. J'étais à l'aise avec Cédrik, je ne me sentais jamais jugé, toujours poussé plus loin. Ce soir-là, j'avais besoin de parler, de raisonner sur cette soirée étrange et sur l'offre saugrenue que m'avait faite Jean-Marc dans la galerie. Le nom de Hudson, évidemment, était connu de Cédrik. Il m'avoua même avoir déjà été invité à une de ses fêtes quelques années auparavant.

— Alors si je comprends bien, Jean-Marc Hudson veut te payer pour lui « tenir compagnie ». Ça sonne bizarre et un peu trop sexuel à mon goût.

— Je l'sais ! Je lui ai dit la même chose.

Je ne lui avais pas dit la même chose. En fait, je n'avais rien répondu du tout. Je l'avais écouté me parler de l'art, l'art avec grand A, celui qu'il pratiquait, sans prétention. Pendant un long malaise, une longue conversation qui m'avait paru durer une éternité, il m'avait vendu sa salade en me jurant que son offre n'avait rien de compromettant. *Tu m'intrigues*, avait-il dit. Il ne voulait que ma compagnie, discuter, boire, manger. Il m'utiliserait comme modèle à l'occasion, je l'accompagnerais dans les événements, je serais comme un assistant silencieux, une muse.

*Je ne suis pas gai.* Il avait ri.

*Mais on s'en fout, Émile! C'est pas ton cul que je veux.*

L'offre était sur la table, à moi de m'en emparer. Ou pas. Il ne m'avait pas laissé le temps de répondre. Sa main dans mon dos, l'autre dans la poche de son veston, il m'avait raccompagné vers l'ascenseur, en parfait majordome. Au moment de me serrer la main, il m'avait remis sa carte. *Penses-y.* Puis les portes de l'ascenseur s'étaient refermées sur son visage souriant. Victorieux.

— Prends-la!

J'ai soufflé la dernière bouffée du joint en l'éteignant dans l'énorme cendrier brun posé sur la table du salon de Cédrik.

— Quoi?

— Prends l'offre! Merde, qu'est-ce que t'as à perdre? T'es *fuckin'* paumé, t'as pas vraiment de job fixe et ce gars-là t'offre de te payer pour pas faire grand-chose… Me semble que la décision devrait être simple.

Il n'avait pas tout à fait tort. Le problème était qu'il ne connaissait pas toute l'histoire. J'avais omis quelques détails sur lesquels, bien que sordides, je butais. Il me trouvait beau, il me l'avait fait clairement comprendre. Les mots avaient eu un impact déterminant, certes, mais c'est son regard qui me marquait le plus. Lorsqu'il me parlait, je sentais son regard me dévorer. Même les yeux dans les yeux, j'avais l'impression qu'il entrait au fond de moi et glissait son regard sur tous les recoins de mon corps. Il me regardait comme un voyeur, attisé par ma vue. Cet homme-là, qui avait l'âge d'être mon père, sans doute, me désirait. Ça me troublait.

«Je te trouve beau, qu'il avait dit. Tu as le corps d'un roi. À une certaine époque, les gens se seraient jetés à tes pieds pour t'admirer, ils n'auraient eu d'yeux que pour toi. Tout en toi respire la royauté, de ton ventre jusqu'à ton petit regard arrogant. Tu m'intrigues et je suis prêt à payer cher pour te voir de plus près... T'as été fabuleux ce soir. Je suis curieux de savoir ce que t'as en dedans. »

Depuis trois jours, ses paroles flottaient dans mes pensées, et plus je les chassais, plus elles réapparaissaient sans crier gare. Autant j'étais dégoûté par ses avances, autant elles me fascinaient. Jamais on ne m'avait fait une proposition aussi indécente et je me doutais bien que plus jamais je n'aurais l'occasion de connaître un tel dilemme. C'était si gros qu'on aurait dit une farce. Une farce alléchante.

Cédrik avait raison. Je n'avais rien à perdre. À part peut-être mon amour-propre. Là encore, je serais le seul à savoir. Ça ne m'engageait à rien.

— Laisse faire Hudson! Parle-moi plutôt de la demoiselle, c'est ça que je veux savoir, moi, c'est ça l'important!

Joanna.

J'étais tombé face à face avec elle en sortant de l'ascenseur, la tête ailleurs. Elle avait enfilé son manteau et ses mitaines. *I'm getting the fuck outta here. Do you want a lift?* L'offre était trop tentante, trop parfaite pour être refusée. J'ai couru jusque dans la loge où la fête avait dégénéré en peu de temps. Quelques filles étaient tellement soûles qu'elles ne tenaient plus sur leurs jambes. Jashan, à moitié inconscient, embrassait à pleine bouche le barbu sympathique qui, à peine une heure avant, s'était inquiété pour moi. J'étais désormais, sans doute, le moindre de ses soucis. Quant à Jashan, je soupçonnais que le réveil allait être brutal pour lui le lendemain matin.

Amusé, je suis sorti de la loge avec mon manteau, mon sac, une cigarette déjà aux doigts, prête à allumer. Partir, vite, et loin de là. Quitter l'endroit maudit et cette soirée irréelle, pourvu qu'elle s'efface de ma mémoire. Bras dessus, bras dessous, Joanna et moi avons erré dans les rues désertes de la ville jusqu'à sa voiture, garée beaucoup plus loin que là où elle se rappelait l'avoir laissée. Le froid sibérien semblait s'être calmé et quelques petits flocons se sont mis à perler du ciel.

D'un romantisme à vous jeter par terre, Joanna m'a propulsé vers la voiture et m'a embrassé de nouveau. Cette fois-là, je lui ai rendu son baiser, passionnément, comme si ma vie en dépendait. Puis, comme sa langue frôlait la mienne, Rebecca est apparue dans ma tête, comme un cheval de Troie, un virus. Nous sommes partis en voiture, sans dire un mot. Joanna m'observait du coin de l'œil pendant que la radio nous lançait ses courriers du cœur. Pris dans un combat entre une nuit possible avec elle et l'image de Becky et du petit, j'ai fini par m'assoupir.

J'ignore combien de temps elle est restée là à caresser mon visage, tentant de me faire retrouver conscience. J'ai entrouvert les yeux, la voiture était immobilisée devant mon duplex.

— *You snore big time*, tu savais ça?

Je me suis redressé, mal à l'aise, un peu perdu. J'ai ouvert la portière et, en voulant sortir de la voiture, j'ai failli tomber face la première dans la neige fraîchement tombée. J'ai regardé Joanna, ses cheveux rouges dépeignés, son sourire, ses lèvres, son regard hésitant. J'ai tâté les poches de mon manteau.

— As-tu un papier pis un crayon que j'te laisse mon courriel?

— *Your e-mail? Are you fuckin' kidding me?* Tiens.

Mi-offusquée, mi-amusée, elle m'a tendu une carte. «Appelle-moi. *Or don't.*» J'ai refermé la portière comme un con et je l'ai laissée partir. Je suis resté immobile, planté là devant mon immeuble, la neige fondant sur mon visage, au fur et à mesure qu'elle y tombait, jusqu'à ce que sa voiture disparaisse au bout de ma rue.

— L'as-tu appelée?

J'ai regardé Cédrik en penchant la tête. Il me connaissait assez pour savoir que je n'avais pas eu le courage de le faire. C'était comme ça depuis toujours, depuis avant Becky. J'étais lâche, timide et intimidé. Joanna n'avait rien d'une fille comme j'en avais déjà fréquenté. Joanna était une femme, une vraie, imposante, avec du caractère et une personnalité. Une femme adulte qui en avait vu d'autres et qui ne se laissait pas impressionner par quelques blagues ou quelques accords de guitare. Le genre de femme qui exige, qui ne demande pas et qui prend, sans gêne. Je n'avais jamais été avec quelqu'un comme ça. Et je n'avais pas baisé depuis des lunes. Comment allais-je m'y prendre? J'ai imaginé, un instant, son ventre contre le mien, nos deux corps essayant de s'harmoniser dans une danse humiliante. Elle n'avait rien du genre de fille qui m'attirait en temps normal, rien de ce que je recherchais. Et pourtant, je demeurais obsédé par ce baiser dans l'escalier, par la promesse de cette étreinte-là.

J'ai accompagné Cédrik jusqu'au métro, son banjo en bandoulière dans son dos. Il devait partir, un concert, un truc du genre, comme d'habitude.

— T'es sûr que tu veux pas venir ? Il va y avoir du beau monde !

J'ai refusé l'offre pour la quatrième fois. Le monde de Cédrik était loin, très loin du mien, et je le préférais heureux parmi les siens que mal à l'aise en ma présence. Il m'a pris dans ses bras, comme un vieux frère.

— Appelle-moi donc plus souvent.

— Pareillement !

— Ouais, bon… on est pourris là-dedans.

Je l'ai regardé disparaître dans l'escalier mécanique et je me suis allumé une cigarette en me dirigeant vers le téléphone public le plus proche. Au fond de ma poche de manteau, j'ai trouvé sa carte. En caractères dorés, sans autre artifice, était écrit son numéro de téléphone en dessous de son nom : *Joanna Doherty, actress & burlesque artist.* Après un instant de contemplation, je l'ai refourrée dans ma poche et j'en ai sorti l'autre carte, celle de *J. M. Hudson, artiste visuel.*

J'ai composé le numéro.

J'ai enlevé mes lunettes de soleil pour mieux admirer l'architecture de l'ancienne banque. Coincé entre deux tours, l'édifice paraissait tout petit, étroit. Quatre colonnes majestueuses décoraient la devanture et quelques marches de granit gris menaient à deux immenses portes en bois massif. Une merveille. Sur une plaque dorée, dans la pierre à côté des portes, il était gravé *J. M. Hudson.* J'ai pris mon courage à deux mains, j'ai jeté le restant de ma cigarette par-dessus mon épaule, et j'ai monté les marches, tranquillement, comme si je m'apprêtais à entrer dans une église.

La porte lourde s'est refermée derrière moi avec un bruit sourd. Il faisait un peu plus chaud à l'intérieur, mais le décor était tout aussi froid qu'à l'extérieur. Devant moi s'ouvrait une immense aire ouverte, un plafond à perte de vue duquel émanait une lumière naturelle splendide. Dans la blancheur de l'endroit, je détonnais. Tout semblait immaculé et fragile, des toiles suspendues aux murs jusqu'aux sculptures de bronze placées çà et là dans la salle d'exposition. Chacun de mes pas faisait résonner un bruit sourd dans l'air lourd et bon de l'espace trop grand. Je me sentais tout petit.

— Est-ce que je peux vous aider?

Je suis sorti de ma rêverie pour l'apercevoir, au loin, derrière un long bureau vitré, dans un coin de la salle. Je me suis avancé vers elle, un sourire aux lèvres. Faire bonne impression, être charmant.

— Bonjour.

Elle m'a observé un moment, comme si elle regardait un pigeon. Ses cheveux remontés en toque et son tailleur grisâtre lui donnaient l'air d'une enseignante austère, rien à voir avec la jeune assistante décontractée que j'avais rencontrée lors des répétitions.

— Je viens voir Jean-Marc.

Elle a levé ses yeux sur moi, m'interrogeant du regard. Elle a ouvert un grand livre de cuir noir devant elle sur la table, subitement, et du bout du doigt, a passé un à un les rendez-vous.

— Vous êtes Émile, c'est ça? Il vous attend…

Elle semblait à la fois surprise et un peu méprisante. Elle s'est levée tranquillement, a replacé le pli de sa jupe d'un petit revers sec de la main et m'a demandé de bien vouloir la suivre. Au fond de la salle, de l'autre côté de deux autres portes en bois, un grand escalier de marbre menait à une mezzanine. J'ai immédiatement été saisi par la richesse de l'endroit, la grandeur du bureau, la lumière qui semblait sortir de partout et se répercuter sur chaque objet. Chaque meuble, chaque fauteuil, chaque bibelot respiraient le luxe et l'antiquité. La rareté.

Jean-Marc Hudson est apparu d'un petit corridor à ma droite. Élégant, il portait une chemise noire sous un cardigan gris. Il s'est approché de nous, le sourire aux lèvres, et m'a aussitôt serré la main fermement. Ses mains étaient fines et ses doigts longs, presque trop. Je n'avais pas remarqué, ce soir-là dans la galerie, qu'il était aussi grand, aussi mince, aussi élancé. Ses cheveux, mi-longs, étaient gris, presque blancs, et sa courte barbe lui donnait des airs de capitaine. Il n'avait rien de l'homme extravagant que l'on dépeignait partout sur Internet. Il n'avait rien de celui que j'avais imaginé.

— Émile! Je suis content que tu sois là. Merci, Sophie, tu peux nous laisser.

Elle a baissé la tête et est repartie en se mordant la lèvre inférieure. Il avait disposé d'elle froidement, comme on envoie un chien au tapis.

— Viens, viens ! J'ai fait préparer du café pour nous, et il y a des viennoiseries aussi, tu aimes les viennoiseries ? Celles-ci sont divines, tu verras.

Il avait l'air surexcité par ma présence. J'ai déposé mon sac, enlevé mon manteau et j'ai pris place à la petite table qui avait été mise pour moi. J'étais nerveux. Mal à l'aise. Chaque fois qu'il regardait vers moi, je me revoyais le soir de la fête, dans la noirceur de la galerie. *Esti que t'es beau*, avait-il dit. Jean-Marc Hudson m'a versé un café en me jetant des coups d'œil furtifs. Dans ses yeux, toujours cette impression de désir, mais cette fois, le désir se mêlait à l'admiration. Afin d'éviter son regard, j'ai regardé autour de moi avec curiosité, j'ai pris tout mon temps et ma concentration pour verser le lait dans mon café. J'étais intimidé par tant d'attentions, par cet homme que je ne connaissais pas et qui ne voulait qu'une seule chose : que j'entre dans sa vie. Il était même prêt à me payer pour ce faire.

Le café était extraordinaire, ses arômes riches et odorants, parfaits. Il m'a tendu une assiette sur laquelle se trouvaient des croissants frais, encore chauds, que j'ai refusés de la main. Il s'est enfoncé dans son fauteuil de cuir, son café à la main, les coudes posés sur les appuie-bras et, les jambes soigneusement croisées, il est resté là à me regarder. Plus il me regardait, plus le malaise entre nous s'épaississait. Le silence était insupportable et il ne semblait pas vouloir le briser.

— C'est beau chez vous, que j'ai dit, comme ça, juste pour dire quelque chose.

Il a ri.

— Ce n'est pas chez nous ici. C'est le travail, c'est la première galerie d'art que j'ai ouverte. C'est aussi mon quartier général. Chez moi, c'est beaucoup plus modeste que ça.

Je ne savais pas quoi dire d'autre. Il avait fermé cette conversation-là et s'entêtait à demeurer immobile, à m'observer avec son sourire en coin, comme s'il connaissait quelque chose sur moi que j'ignorais. Au bout d'un certain temps, j'ai commencé à trouver ça désagréable. Ça ne m'amusait pas du tout.

La plupart des gens, devant un gros, ne voient que sa corpulence, sa chair grasse et opulente, les contours de son ventre, le gras de son cou, la protubérance de son menton. Ils ne voient pas la personne. Ils ne voient que la viande. Pour eux, il est inconcevable que les obèses cachent, derrière leurs allures dégradantes, une âme. C'est toujours l'apparence qui prédomine. C'est normal. Jean-Marc Hudson, lui, n'était pas comme les autres. Il me regardait comme si je pesais cent livres, comme si j'étais le plus beau garçon de la cour d'école.

— Alors, Jean-Marc... Je peux vous appeler Jean-Marc ?

— Oui, bien sûr, je t'en prie.

— Alors, Jean-Marc, comment est-ce que ça fonctionne, votre truc ? Qu'est-ce que je dois faire ? À quoi vous vous attendez ?

Il s'est redressé et s'est penché vers moi, les mains jointes devant lui sur la table. Il a pris une pause, comme s'il réfléchissait à sa réponse, et il a plongé son regard lumineux dans le mien, comme s'il tentait de m'hypnotiser.

— Premièrement, je refuse que tu me vouvoies. Si nous sommes pour faire cela, c'est la base. Je suis peut-être plus vieux que toi, mais je ne tolérerai pas que tu me traites de façon aussi impersonnelle. Deuxièmement, tu vas trop vite. Il n'y a pas de liste de tâches à effectuer, pas d'obligations. Il n'y a pas qu'une seule façon de fonctionner. On ne peut pas forcer ce genre de relation. Si jamais je vois que ça ne fonctionne pas, je ne te retiendrai pas.

Je n'ai rien dit. Je me suis détendu un peu. J'étais là, j'avais besoin de l'argent, d'abord et avant tout, et puis, bien que je ne lui fasse pas entièrement confiance, j'étais curieux de savoir quel genre de relation pouvait bien naître entre lui et moi. Je me suis allumé une cigarette, par instinct, pour le provoquer. Il a simplement ri, me disant que j'avais du culot, du chien. Personne n'avait fumé dans ce bureau depuis les années quatre-vingts. Il a déposé un énorme cendrier en verre soufflé devant moi et s'est servi une cigarette dans mon paquet.

— Je veux que tu sois ma muse. Mon inspiration. Je suis un artiste, mais je suis d'abord et avant tout un homme d'affaires, Émile, et j'aime m'entourer de belles choses. Et toi… toi, tu me renverses. J'ai le goût de t'utiliser comme modèle, de travailler avec toi. J'ai envie de te connaître. Voici ce que je t'offre pour une semaine. En échange, tu n'as qu'à être toi-même.

Il a tranquillement glissé un papier vers moi sur lequel il venait de barbouiller quelque chose. J'ai regardé le montant, incapable de respirer. C'était plus, beaucoup plus que je n'avais jamais gagné. C'était énorme. J'ai levé les yeux vers lui. Il semblait satisfait de ma réaction, le sourire aux lèvres, ses yeux brillants de séduction.

— Pendant combien de temps?

— Tant et aussi longtemps que ça fonctionne pour nous deux. Je ne peux pas dire. Ça va dépendre de toi… de ce que tu me donnes.

Je lui ai tendu la main en guise d'accord. Il a déposé sa tasse, doucement et, en prenant tout son temps, il a agrippé la mienne en la serrant très fort. Mon corps a été saisi de frissons. Hésitant entre l'excitation et l'appréhension, je venais de signer mon contrat imaginaire avec Jean-Marc Hudson. J'étais à lui. J'étais sa muse. Quelque part, au fond de moi, j'ai eu l'impression de signer un contrat avec le diable. Je vendais mon âme. J'ai attrapé le petit papier avec le montant dessus et je l'ai enfoui dans mes poches. Plus tard ce soir-là, j'allais passer de longs moments à l'observer, incrédule.

— J'ai lu ton roman. Ne me regarde pas comme ça, j'ai fait mes recherches sur toi. Libre à toi de faire de même, je n'ai rien à cacher… J'ai trouvé ça correct, mais maladroit. Typique d'un premier roman. T'étais jeune, c'est pas de ta faute. Mais j'y ai vu beaucoup de talent. Tu écris toujours?

Je lui ai parlé. Toutes mes paroles sont sorties en flot continu, comme si j'avais perdu tout filtre. Fasciné par sa prestance, par son charisme. Quelque chose dans le fait de me savoir courtisé a éveillé en moi un monstre que jusqu'ici, je n'avais connu qu'à l'adolescence. J'étais un gamin devant son premier rendez-vous.

Nous avons discuté en finissant le pot de café. Ce n'était pas forçant, pas comme un travail. C'était même plutôt agréable. Jean-Marc parlait, avec son petit accent franchouillard, de sa voix grave, douce, comme s'il n'avait jamais élevé la voix de sa vie. Il avait un rire franc, communicatif et contagieux. L'avant-midi a tiré à sa fin et, subitement, Jean-Marc s'est levé. Froid. Comme si j'étais un client désagréable.

— Bon, c'est bien beau tout ça, mais moi j'ai du travail, Émile. J'ai des rendez-vous importants. Fais signe à Sophie en partant. C'est elle qui te paiera, chaque vendredi. Je t'attends chez moi, lundi matin, à neuf heures.

Sans autre avertissement, il est disparu par le petit corridor duquel il était arrivé quelques heures plus tôt, sans un au revoir, sans étiquette. J'ai écrasé ma cigarette dans le cendrier et j'ai agrippé mon manteau, mon sac, et j'ai dévalé les escaliers, presque à la course, comme si je venais de faire un mauvais coup.

Comme si j'avais peur qu'il change d'idée.

Je me suis dédoublé.

Soudainement, je devenais quelqu'un d'autre. C'était comme franchir une porte et ressortir dans une autre vie, celle de l'autre Émile. De l'autre côté du miroir, je pouvais être n'importe qui et devenir l'Émile de Jean-Marc, son objet. Mon cerveau faisait un demi-tour et oubliait l'essence même de ma personnalité. Je pouvais agir à ma guise, en parallèle de ma vraie vie, sans en subir les conséquences. L'autre Émile émergeait et je m'oubliais, pour me protéger, pour ne pas prendre conscience de l'ampleur du supplice qui m'était infligé. Je me refusais à envisager l'idée que j'étais en train de prostituer mon âme. Ma relation avec Jean-Marc n'avait rien de sexuel, du moins, jamais physiquement, mais il y avait quelque chose de malsain dans ce que je vivais, qui faisait en sorte que je ne pouvais l'affronter pleinement. Je n'assumais pas. Je ne voulais pas assumer. Je préférais me dédoubler et vivre dans la peau de cet autre moi, comme une fiction. Quand je revenais chez moi, je me retrouvais. Je pouvais passer des heures à baigner mon corps dans l'eau chaude et moussante de mon bain, dans la noirceur totale. Je me savonnais avec vigueur pour me laver, pour arrêter de me sentir sale. Je faisais le vide, j'effaçais, je hachurais les événements de ma journée pour mieux renaître. Chaque renaissance était dure et longue, mais je finissais par me retrouver et me faire croire que ce n'était pas moi qui vivais ces journées-là. Je réussissais, avec brio, à me dissocier de l'autre. C'était plus facile comme ça.

Il n'y avait pas de véritable honte à faire ce que je faisais. En fait, je ne considérais même pas que je faisais réellement quoi que ce soit à part être. C'est tout ce qu'il me demandait, après tout. D'être. Mais j'avais vu le regard de Sophie, celui qu'elle avait posé sur moi en me tendant mon premier chèque. Le regard du mépris, du dégoût, du jugement. Tout en moi avait eu l'impulsion de me défendre. J'aurais voulu lui expliquer mes intentions, les raisons qui me poussaient à vendre mon âme à cet homme égocentrique. Rien. Je n'avais aucune excuse. Je l'avais fait par instinct, par appât du gain, par curiosité. Je profitais de sa richesse, et en échange, comme l'escorte parfaite que je devenais, il m'avait, moi, lui, l'autre Émile.

Pourtant, quelque chose dans mon silence, dans mon refus de divulguer mes occupations à qui que ce soit me rappelait le malaise que j'éprouvais face à la situation. La peur qu'on me prenne pour un gigolo s'était ancrée en moi. Personne ne pouvait comprendre ce que ça impliquait d'être le protégé de monsieur Hudson, personne n'aurait pu saisir la nature de notre relation sans m'imaginer à genoux devant lui, en train de le sucer allègrement. La seule idée que mes proches puissent penser, ne serait-ce qu'un instant, que j'étais devenu une putain me donnait la nausée. Quelle idée saugrenue que de faire carrière en tant que muse. C'était insensé.

Jean-Marc, lui, se voyait comme le Magwitch de Dickens, préférant croire qu'il agissait en tant que mécène. À ses yeux, il n'était rien d'autre qu'une âme charitable qui aidait un collègue artiste à voler de ses propres ailes. Mais ce qu'il me faisait vivre n'avait rien du mécénat. Je n'avais ni le temps ni l'état d'esprit requis pour écrire une seule ligne. Même les idées de romans me fuyaient. Jean-Marc me possédait, comme on possède un chien. J'étais sa bête, son animal de compagnie, qu'il prenait soin d'habiller convenablement et d'élever à son image. Il me travaillait comme il travaillait la pierre, à la dure, en enfonçant en moi sa doctrine et son style de vie. Il me sculptait à l'image de ce qu'il voulait que je sois, et je n'avais d'autre choix que de me laisser faire. Je devenais malléable, son diamant brut qu'il devait polir, minutieusement. Malgré moi, je me prenais au jeu, je me jouais de lui, comme il se jouait de moi. Un bluff monumental qu'il ne savait pas encore détecter.

L'hiver a suivi son cours, à coups de tempêtes et de redoux. La ville semblait prisonnière d'un froid qui ne finirait jamais et le souvenir de la voir en couleur avait fini par s'estomper. Tout était enveloppé de gris et de blanc, de saleté et de pollution. On aurait dit que la métropole s'embourbait dans la mort et février s'est écoulé au ralenti, emportant avec lui tout espoir de revivre un printemps. Me réveiller le matin devenait de plus en plus pénible et je traînais mon corps comme une croix, las et désabusé, jusqu'au métro chaque matin pour me rendre chez lui.

Par la fenêtre de son loft, le centre-ville s'imposait, fumant et immobile, figé dans la glace. Je pouvais rester de longs moments à fixer la vue, perdu dans mes pensées, avec l'impression d'être tout petit, minuscule. Rien. Jean-Marc m'aimait immobile. Il saisissait souvent son calepin et me dessinait. Ses fusains de moi étaient d'un réalisme surprenant, et il pouvait passer de longues heures à dessiner mon visage, encore et encore. Et sur chaque croquis, le même regard fuyant. Je pouvais à peine me regarder dans un miroir, c'était encore plus dur de lui accorder mon regard. L'éviter me protégeait, bien que ce fût souvent inévitable.

Je lui faisais la lecture. Des fois. Des livres qu'il laissait traîner un peu partout, je trouvais des passages intéressants et je les incarnais à son grand plaisir pendant qu'il restait là, allongé sur le récamier. Il me répétait sans cesse qu'il aimait le son de ma voix, son ton, la manière que j'avais de marteler les consonnes, de mordre dans les mots comme un tragédien. Il aimait ma gravité, l'intensité avec laquelle je défilais les textes, dans la hâte, avec angoisse. Les journées passaient plus vite quand je pouvais me perdre dans la lecture. Car les journées étaient longues. Une heure pouvait s'étirer interminablement, seconde par seconde. On aurait dit que Jean-Marc avait le pouvoir de ralentir le temps, à sa guise, à mes dépens.

Il me recevait chez lui, la plupart du temps. Dans l'ancien quartier industriel, il avait un immense loft au dernier étage d'une ancienne usine de tabac, tout en brique, en pierre, en bois. Un truc pas croyable sorti tout droit d'un magazine d'architecture, comme on en voit dans les films. De grandes fenêtres arquées donnant sur un extérieur magnifique, urbain. Des poutres énormes en bois massif venues d'une autre époque, restaurées, vernies, imposées. Un éclairage feutré et invitant, des odeurs de café espresso, de vanille, de lavande. Des tableaux, partout, des œuvres d'art. Des sculptures, des structures de métal bizarres aux allures de femmes éplorées. De la musique qui sortait de partout, de tous les recoins des murs, comme si les musiciens étaient là, dans une acoustique pure. Un endroit parfait et beau où plus rien n'existait que le moment présent. Une bulle.

Il n'y avait pas d'ascenseur pour s'y rendre et, chaque fois, la montée était suffocante. Je devais m'arrêter plusieurs fois en chemin pour reprendre mon souffle, tousser, cracher, vomir une fois. J'arrivais à l'étage en sueur, détrempé, le cœur dans la gorge, les yeux humides, les jambes en compote, arrivant à peine à respirer. Je ne m'y habituais pas. Chaque fois, chaque matin, le chemin de croix recommençait, pour me rappeler ma lourdeur, la charge de mon corps. Un supplice que, je commençais à le croire, Jean-Marc me faisait vivre exprès. Et je gravissais l'escalier, sans me plaindre, comme une marionnette, en toussant tout l'air qui arrivait à pénétrer dans mes poumons rongés de nicotine et de *fastfood*.

Il m'ouvrait la porte, un café à la main qu'il avait préparé pour moi. Il me portait ces petites attentions là, gentiment. C'est plutôt moi qui aurais dû le servir. Il me sortait un cendrier, que je fume à ma guise, *fais comme chez toi, Émile, sois le bienvenu*. Il se mettait à l'aise, souvent nu sous sa robe de chambre entrouverte, m'imposant sa maigreur. Je pouvais entrevoir les poils gris qui recouvraient son torse, ses côtes apparentes, sa vieille peau trop de fois bronzée, en manque d'élasticité. J'essayais de ne pas regarder, et plus j'ignorais, plus il se dandinait, dandy et déplacé. Il jouait les séducteurs avec un abandon désolant. Moi, je ne voyais qu'un vieil homme blasé. Il me faisait presque pitié, si sûr de lui, sans la moindre idée du ridicule auquel il s'exposait.

Je devais m'asseoir et lui parler, lui livrer un compte rendu de ma soirée, de mon week-end. La plupart du temps, je m'élançais dans de longs monologues sur l'état de la télévision actuelle, je critiquais les films que j'avais vus en me prenant pour un grand connaisseur. Il m'écoutait, amusé, l'air détaché. J'aurais pu lui inventer n'importe quoi, tout ce que je lui disais semblait en deçà de lui de toute façon. Il n'attendait que le bon moment pour prendre la parole et me délecter de tout son savoir, sa philosophie, ses grands sermons. Pour me choquer, quelquefois, il me confiait ses aventures, me disait le nom de ses amants, laissait glisser quelques détails croustillants. Il observait ma réaction et je restais de glace, souriant, le regard vide, mais manifestant intérêt et écoute. Acceptation. À tous les coups, il se rétractait et continuait ses beaux discours. J'avais l'impression de jouer au psychologue dans ces moments-là, incapable de dire quoi que ce soit sauf énoncer des questions insipides ou des affirmations vides de sens. Vraiment? Ah oui? Incroyable, non? Ah oui, je comprends. Non, je ne savais pas, dis-m'en plus. Je suis d'accord.

Parfois il devait travailler, faire des téléphones importants, écrire des courriels. Je préparais du café, je lui faisais des soupes, des petits plats simples, mais délicieux. Il ne s'en plaignait pas et se réjouissait de mon savoir-faire en me grondant par-derrière. Il ne me payait pas pour que je lui fasse à manger. Je n'avais rien d'autre à faire. Je ne comprenais même pas qu'il continue de me payer. J'aurais cru que, bien assez vite, il se lasserait de moi. Je ne lui apportais rien. Tout n'était que superficiel avec lui, il ne me connaissait pas. Je ne lui en laissais pas l'occasion. Chaque fois qu'il se dirigeait vers ma vie personnelle, j'esquivais le sujet. Je lui relançais des questions sur les célébrités qu'il avait déjà côtoyées. Sur un grand mur de son loft étaient suspendus plusieurs portraits de lui en compagnie des personnes les plus surprenantes. D'anciens présidents, des leaders religieux, des vedettes de cinéma, des stars de la musique. Sur l'une d'elles, il embrassait Gardénia Laurie, sur une autre, il prenait un verre avec Elton John. C'était plus qu'impressionnant. Pour lui, c'était des gens comme les autres.

Il arrivait parfois qu'il me prenne pour modèle. Je devais rester là assis, couché, debout, et me laisser observer pendant qu'il recherchait le meilleur moyen de me transformer en œuvre d'art. Souvent, à l'impro- viste, il sortait son appareil photo et attrapait un cliché de moi à mon insu. Je détestais cela. J'appréhendais surtout ce qu'il risquait d'en faire. D'autres fois, il me montrait les projets sur lesquels il bossait. Des spectacles à grand déploiement, des opéras importants qui seraient joués dans les grandes villes du monde. Il me faisait découvrir les artistes qu'il découvrait et qu'il désirait exposer, il me demandait mon avis et, comme pour me rabaisser, il me parlait d'art, de son importance, de sa valeur. Je ne pouvais dire si c'était par pure vanité ou bien s'il était vraiment passionné. Un peu des deux, peut-être. Je le trouvais prétentieux.

Mon corps inondé par l'eau chaude, presque bouillante de mon bain, j'ai pensé à Rebecca, encore, par habitude. Par nécessité. Si elle me voyait, si elle voyait à quoi j'en étais réduit depuis elle, elle rirait de moi, ça l'amuserait. Elle me trouverait petit et lâche. D'un ridicule insensé. Elle n'essaierait même pas de m'en dissuader. Elle me regarderait sombrer dans la folie, arrogante, sûre d'elle. Elle me dirait que j'ai eu tort, qu'elle a eu raison et que nul mensonge ne méritait que je l'efface ainsi de ma vie.

Dans la noirceur de ma salle de bain, je me suis senti léger, immergé dans les bulles de savon. J'ai senti mon âme se détacher de mon gros corps flasque, de ma peau ratatinée, pendante et repoussante. Tout était clair. Je devais écrire, je devais lui prouver qu'elle avait tort. Je devais tomber amoureux, me créer une autre vie, ailleurs, ici, sans elle. Je devais me le permettre.

Après des semaines à regarder sa carte professionnelle, à décrocher le téléphone, le raccrocher, le redécrocher, composer, raccrocher, comme une fillette de treize ans, j'ai enfin eu le courage d'appeler Joanna.

Cette journée-là, il m'a pris par surprise.

Je ne l'avais pas vu depuis quelques jours. Il était occupé ailleurs, le travail, les amis, un voyage d'affaires… quelque chose comme ça. J'avais pris congé de lui avec un plaisir coupable, heureux d'avoir quelques jours pour redevenir moi normal et sain d'esprit. De toute manière, il me payait déjà beaucoup trop, et l'argent ne m'inquiétait plus du tout.

Il m'avait envoyé un courriel me conviant à lui tenir compagnie en fin de journée. Il avait envie qu'on dîne ensemble, un petit souper chez lui, une bonne bouteille. Je me suis pointé vers la fin de l'après-midi, à l'heure où les gens normaux finissent leur journée et rentrent chez eux, pénards. Il ne m'attendait pas comme à l'habitude. Je suis entré dans le loft, un pinot noir à la main, retrouvant tranquillement une respiration normale. L'endroit était plongé dans la lumière du soleil couchant, des tons de rouges et d'orangés se reflétant partout sur la brique. Des haut-parleurs sortait la voix plaignarde d'une chanteuse islandaise qu'il semblait particulièrement affectionner, et au centre du loft la table avait été mise en grand apparat. J'ai déposé mon manteau sur le coffre et je me suis avancé dans l'éclairage tamisé, confus. La mise en scène me faisait hésiter, c'était trop, presque trop beau, comme un brin de romantisme flagrant. Peut-être n'était-ce que le moment de la journée qui me déstabilisait? Il est apparu de la cuisine, souriant, la tête haute, un Ricard dans une main, un petit cigare dans l'autre. J'ai été soulagé de voir qu'il n'était pas en petite tenue, mais qu'il portait plutôt un pull sobre assorti à un petit pantalon étroit noir. Je revoyais un peu l'homme que j'avais rencontré ce soir-là, le soir de son party, avec ses allures de pasteur. En me voyant, il s'est exclamé et, après avoir déposé son verre, il s'est approché de moi, les bras grand ouverts. Il m'a embrassé sur les deux joues en me tenant fermement par les épaules, comme un bon père.

— Mon Émile, enfin! Comment vas-tu? Je suis content de te voir. Viens, viens. Je t'offre quelque chose à boire?

Hébété, je me suis installé à la table, soigneusement mise, éclairée par quelques chandelles. Il ne m'avait jamais touché aussi familièrement auparavant, c'était nouveau et sensiblement dérangeant. À travers son haleine, j'avais cru distinguer plusieurs effluves d'alcool et il semblait, en effet, d'une humeur peu commune. Il m'a servi un verre de champagne, bien froid et fruité, amusé de jouer à l'hôte. Face à moi, confortablement installé sur sa chaise, les jambes croisées, il s'est mis à me raconter ses occupations des derniers jours. Il était apparemment emballé par la découverte d'un jeune artiste américain prometteur, révolutionnaire. J'ai relaxé un peu et je me suis servi un deuxième verre. Après quelques semaines, j'avais réussi à m'habituer à Jean-Marc, à ses manières, et j'avais développé une certaine aisance. En me transformant comme je le faisais, les yeux qu'il posait sur moi étaient inoffensifs. Émile II se plaisait bien avec Hudson et prenait un malin plaisir dans la gêne de se savoir désiré.

Jean-Marc s'est levé pour changer la musique. Le silence soudain a jeté un froid dans le loft, comme si un vent s'était levé. Agrippé à mon verre, j'ai senti le bout de mes doigts se geler de malaise en même temps que l'ambiance. À l'extérieur, la noirceur s'était déjà installée, était tombée subitement, donnant à l'endroit un air sinistre, abandonné. Le vieux jazz a retenti en crescendo, Billie, sa voix chaude et nasillarde, douloureuse, a entamé une chanson au rythme des ombres que faisait danser la lueur des chandelles.

Les mains de Jean-Marc se sont posées sur mes épaules. Je me suis figé. En sentant sa présence derrière moi, je me suis raidi, redressé. L'angoisse m'a pris à la gorge, sans explication, juste un mauvais pressentiment. Quelque chose dans sa proximité, dans ce qu'elle impliquait, me rendait nerveux. De ses grands doigts osseux, il s'est mis à masser mes épaules, avec force.

— Ciboire que tu es tendu, Émile, relaxe! T'es tout crispé.

Il m'a contourné, a fait le tour de la table et a repris sa place devant moi. Son visage avait changé. Il n'avait plus la gueule de bouffon un peu soûl qu'il avait montrée depuis mon arrivée. Un grain de folie brouillait son regard et je me suis dit : ça y est, c'est ce soir qu'il me remercie. En vidant son verre, il a pointé un doigt vers moi en ne tentant plus de paraître à jeun.

— Je t'ai vu hier soir au centre-ville. Tu étais avec une fille en train de fumer sur le trottoir. Je t'ai fait signe, mais tu m'as ignoré.

J'ai reçu son accusation comme un coup de poing dans le ventre. De toutes les choses qu'il aurait pu me dire, je ne me serais jamais attendu à celle-là. J'ai refait le cours de ma soirée de la veille et je me suis revu avec Joanna en train de cloper tranquillement à la sortie du restaurant. Je m'étais retrouvé en sa compagnie, rien de spécial, un souper au restaurant, un verre, une accolade, pour mieux nous connaître. Ses cheveux fous, son large sourire, son odeur. Joanna me hantait depuis vingt-quatre heures. Je réentendais en rotation dans ma tête son petit accent anglo et son rire grave. Je me revoyais l'embrasser avant qu'elle referme la portière de son taxi. Mais aucun souvenir d'avoir aperçu Jean-Marc quelque part aux alentours. La veille, je n'avais eu d'yeux que pour elle dans sa robe révélatrice et son pardessus en poil.

— Vraiment? Où ça?

Jean-Marc a roulé ses yeux, exaspéré, comme s'il ne croyait pas mon incrédulité. D'instinct, la colère a surgi. J'ai tenté de la contenir. Non seulement son attitude m'effrayait un peu, mais le simple fait que cet homme ait pu m'observer en dehors de ses appartements, là-bas, dans la vraie vie, me pétrifiait. Je me sentais épié, pris la main dans le sac. Il me faisait sentir comme un petit gars qui se fait chicaner pour un méfait qu'il n'a pas commis. J'ai joué les innocents.

— J'te jure, Jean-Marc, je t'ai pas vu. Pourquoi je t'aurais ignoré?

Je l'aurais ignoré. C'est ce qui me touchait le plus dans son ton accusateur. Quelque chose en moi savait que, si je l'avais croisé dans la rue, en présence de Joanna, j'aurais tout fait pour éviter le contact. J'aurais eu honte. Je n'aurais pas su comment expliquer qui il était par rapport à moi. Mon patron? Mon mécène? Mon protecteur? Mon client?

— C'est ta blonde?

— Non.

— Tu peux me l'dire si c'est ta blonde.

— C'est pas ma blonde.

Il a fait une pause, comme s'il réfléchissait. Il s'est éteint pendant une seconde puis a pris une grande respiration.

— Émile, je veux être clair avec toi. Tu m'attires. Beaucoup. Ton physique me plaît. Je sais très bien que c'est pas réciproque, c'était clair depuis le début et ça ne me dérange pas du tout, à partir du moment où, toi non plus, ça ne te dérange pas. Mais je te paye, me semble, du moins, assez bien pour que tu sois honnête et, présentement, je te sens pas honnête. À la limite, on s'en fout. On n'est pas obligés de bien s'entendre, je vois bien que ça t'emmerde. J'vais donc aller droit au but. J'veux que tu poses pour moi. Nu. Si je peux pas avoir ta tête, je veux au moins connaître ton corps. Je veux le photographier, l'immortaliser.

Il a dû voir la panique dans mes yeux, l'impact de ses paroles. En un instant, tout s'est mis à tourner, le jazz a paru loin, très loin. Je me suis mis à penser à trop de choses en même temps, tout se mêlait. Il m'avait défilé ça d'un coup, directement, sans détour. Soudain tout était clair et précis, plus de détours, de jeux. Plus de questions sans réponses. Il voulait mon corps, celui que je lui avais vendu ce soir-là, masqué, maquillé, le soir de sa fête, sans aucune pudeur. C'était ce qu'il voulait depuis le début et il m'y préparait depuis des semaines. Ce n'est que cette soirée-là, encouragé par l'alcool, qu'il osait me l'avouer.

Plus qu'un aveu, c'était une directive. Il me payait pour pouvoir me mettre à nu. Pour pouvoir l'exiger.

Il a donné un coup sur la table, victorieux, en me désignant, satisfait de son effet.

— Ah ! Enfin il est là ! Enfin quelque chose de vrai dans tes yeux ! Ça ! Ça, ce *feeling*-là, que t'as présentement, c'est ça que je veux sentir ! C'est toi. C'est le vrai Émile avec qui je suis tombé ce soir-là, c'est lui que je veux ! Pas ton petit jeu. Là, dans ton malaise, je te sens sincère.

Je l'ai regardé sans dire un mot.

Je me suis levé.

— Excuse-moi.

Une fois la porte de la salle de bain refermée et verrouillée derrière moi, je me suis allumé une cigarette. Mon cœur battait à tout rompre, se débattait pour sortir de ma cage thoracique. J'allais mourir, là, sur l'ardoise de la douche, crise cardiaque. J'ai arrosé mon visage avec de l'eau froide et j'ai essayé de retrouver mon calme. J'avais cru mon jeu inoffensif, mais la réalité venait de me rattraper de manière violente. Je ne pouvais plus me cacher derrière le masque que je m'étais créé. L'état de transe dans lequel je me transposais pour affronter Jean-Marc était parti et je n'étais plus que moi, prisonnier d'une situation que je m'étais imposée de plein gré.

Je me suis regardé dans le miroir. L'alcool avait déjà fait un peu de son travail et deux cernes étaient venus se dessiner sous mes yeux, comme toutes les fois que je buvais. J'étais laid. Je me trouvais laid. Ma barbe mal rasée, laissée aller. Mon gros cou épais, le gras de mon menton, mon visage énorme, rond. Mon visage de gros. Comment pouvait-il admirer autant de mochetés? Tout dans mon reflet me rebutait. Je me suis perdu dans le noir de mes yeux et je me suis senti vide. Depuis des années, j'avais un vide au creux de mon ventre qui me rongeait de l'intérieur. J'étais tanné. J'ai froncé les sourcils, maudissant la vie de m'avoir emmené là, maudissant Rebecca, puis le petit, puis Cédrik de m'avoir encouragé. J'ai maudit la vie et j'ai ressenti la colère, encore. Je n'avais rien à perdre. Personne.

Je suis sorti de la salle de bain, cigarette au bec, avec une confiance inattendue. Arrogant, j'ai regardé Jean-Marc, qui était maintenant étalé sur le divan, et je lui ai dit:

— OK. *Go.*

Il s'est redressé, curieux.

— Quoi?

— Si c'est juste ça que tu veux, *go*! T'aurais pu me le dire avant.

J'ai senti le poignard que je venais d'enfoncer dans sa chair. Même s'il m'avait directement fait part de son vœu, quelque chose en lui se sentait honteux de l'avoir souhaité. Il a hésité, désorienté par ma façon de me mettre de l'avant, de le défier, puis s'est levé pour se rendre à son bureau.

J'ai enlevé mon chandail de laine et la chemise que j'avais mise dessous. Il ne me restait que mon petit t-shirt noir que je portais toujours en guise de sous-vêtement. J'ai frissonné. La musique a changé de nouveau, je ne sais plus quoi. J'étais nerveux, un peu excité aussi. Effrayé. J'ai enlevé mes bottes, mes chaussettes, j'ai détaché ma ceinture. Jean-Marc est revenu, sérieux et fébrile, avec son appareil photo accroché autour du cou. Il a allumé quelques lampes sur lesquelles il a posé des bouts de tissu blanc pour feutrer l'éclairage. Je l'ai interrogé du regard, ne sachant pas trop quoi faire, me déshabiller, m'asseoir, me coucher? Il a lancé un soupir d'excitation, je le sentais aussi nerveux que moi, peut-être même plus.

— Enlève ton chandail et assieds-toi. Mets-toi à l'aise.

À bout de souffle, la tête enfouie dans son cou, son sein entre mes mains, j'ai éjaculé violemment en elle en ne pensant plus à rien. Le néant de l'extase m'a soulagé, j'ai été pris de convulsions comme si la foudre venait de descendre le long de ma colonne vertébrale. Je me suis écroulé sur elle en un soupir avant de me tourner sur le côté et de prendre conscience de la manière brutale avec laquelle je venais de lui faire l'amour.

Joanna s'est assise brusquement sur le bord du lit, dos à moi. Elle a ramassé son pantalon sur le plancher et s'est allumé une cigarette, sans m'en offrir une, en ne me regardant pas. Elle a baissé la tête, et j'ai eu peur qu'elle se mette à pleurer, là, devant moi. Je me suis senti mal, immédiatement.

Tout était arrivé si précipitamment, j'avais peine à comprendre comment tout avait déboulé pour se rendre jusque-là. La soirée avait bien commencé, pourtant, le resto, le film, l'invitation à monter prendre un café. Le café s'était transformé en verre de vin, puis cinq verres de vin. J'avais été poli et charmant, je l'avais déshabillée du regard toute la soirée, en parfait gentleman. J'avais envie d'elle, de sentir la chaleur de son corps contre le mien. Il y avait tellement longtemps que je ne m'étais pas retrouvé dans cette situation-là, si près du but, que je me sentais comme un adolescent. Quand je m'étais levé pour aller pisser, elle m'avait tiré vers elle et m'avait embrassé, passionnément, avec abandon. Puis tout avait été très vite et quelques minutes plus tard, je m'étais retrouvé la tête enfouie entre ses jambes, les mains agrippées à ses cuisses vertigineuses, enivré par l'alcool et l'odeur de son sexe.

Je me suis mis à penser. De toutes les choses à ne pas faire durant le sexe, penser doit être l'une des pires. Ça faisait des mois, des années que je n'avais pas pénétré la moindre personne, et j'avais peur de jouir trop vite. Surtout que Joanna m'excitait énormément et que je me sentais déjà perdre le contrôle. Puis l'image de Jean-Marc est apparue dans ma tête et ça a réveillé quelque chose en moi, une bête enragée. Je suis devenu quelqu'un d'autre, comme si toute la testostérone de mon corps s'était décuplée. Je l'ai pénétrée violemment, sans tendresse, dépossédé de mon corps. Je me suis divisé, corps et âme, et je me suis observé, hors de moi, en train de la baiser. Comme un animal. J'avais besoin de retrouver le contrôle, de me prouver que j'étais encore viril et que Jean-Marc ne m'avait pas arraché ce qui restait de ma masculinité. Ça a duré quelques minutes, à peine. J'avais été plus que maladroit. J'avais été sauvage. Distant.

— Je m'excuse, je sais pas ce qui m'a pris.

J'ai effleuré son épaule. Elle s'est levée, en remontant sa petite culotte. Elle s'est dirigée vers sa commode en continuant d'éviter mon regard. Elle a enfilé une camisole et s'est tournée vers moi.

— Je crois que tu ferais mieux de partir.

— Laisse-moi au moins t'expliquer…

— *Fuck you, Émile! Fuck you!* Expliquer quoi, hein? *Where were you just now? What the fuck was that?* Si tu baises toutes les filles de même, *no fuckin' wonder* que t'es toujours célibataire! *It's like I wasn't even there!*

Cette fois, elle me regardait, elle me tuait avec ses yeux. Jamais, depuis Rebecca, je n'avais ressenti autant de mépris à mon égard. Je ne pouvais que lui donner raison. J'avais été horrible. Je gâchais tout, encore.

— Joanna...

— *Please leave.*

J'ai trouvé mon linge par terre et j'ai enfilé mon pantalon en ne prenant même pas le temps d'enlever le condom pendant sur mon membre ramolli. J'ai remis ma chemise, assis sur le rebord du matelas. Une part de moi avait envie de prendre mes jambes à mon cou et de m'enfuir, rapidement, ne plus jamais revenir, l'oublier. Oublier cette soirée désastreuse. L'autre part était incapable de bouger. J'étais tétanisé à l'idée d'avoir pu la blesser, par orgueil. Je ne me ressemblais plus. J'ai eu envie de pleurer, là, dans sa chambre, pleurer ce que je n'osais plus pleurer désormais. Je me sentais pitoyable.

— *I'm sorry, Joanna... I wish I could explain.*

Je me suis écroulé sur le plancher froid de mon salon, au milieu de la poussière et des paquets de cigarettes vides. J'étais ivre, totalement. La gravité semblait soudainement faire plus son effet qu'à l'habitude et je sentais tout le poids de mon corps s'effondrer sur mes os. J'avais bu. Toute la bouteille. Je me suis fait violence, pour me punir. Pour oublier, engourdir mon cerveau. Arrêter de penser et de tout remettre en question. J'avais envie de n'être que dans le moment présent et ne rien faire d'autre qu'exister. Être. Quelque part entre l'inconscience et la lucidité. Endormir mes cellules, tuer le monstre.

La séance de photo avait laissé en moi une marque profonde, comme une blessure. Mon âme ne s'en remettait pas et, sans arrêt, je continuais de m'y replonger, masochiste. Je commençais à croire que je me complaisais dans ma misère. Je devenais comme tous ces gens que je méprisais, qui avaient besoin d'être malheureux pour bien fonctionner. Pourtant, ça n'avait duré qu'un instant. Jean-Marc avait dû sentir mon malaise, il avait sans doute remarqué mes yeux humides, mes lèvres se serrant de honte. Peu importe l'admiration qu'il avait pour mon corps, n'empêche que je le détestais. Tout en moi rejetait ma chair. Elle m'était imposée par la vie, c'était le prix que je payais pour avoir abusé. Le karma devait rire de moi et s'amuser à me voir aussi prisonnier de ce physique peu flatteur.

Assumer. C'est la seule chose qu'il me restait à faire. J'allais assumer et embrasser ma réalité, m'abandonner à son jeu. Ce soir-là, dans son loft, tout était devenu limpide et clair. Je n'avais rien. Mon téléphone demeurait silencieux et mon répondeur ramassait la poussière, dans un coin de mon bureau, abandonné. Mes amis m'avaient délaissé. Ils n'avaient aucune idée de ce que je faisais, de qui j'étais devenu. Je me rendais compte qu'à l'aube de ma trentaine, j'avais réussi à faire fuir tout le monde qui m'avait un jour aimé, Rebecca la première. En m'enfonçant dans mon obésité, j'avais chassé mon ancienne vie. Chaque vergeture sur mon ventre était la preuve d'une amitié perdue. Même mes parents n'osaient plus prendre de mes nouvelles. J'étais seul. J'avais créé un autre Émile pour me protéger moi-même alors que personne ne voyait déjà plus le vrai. Il n'y avait eu que Joanna. J'avais tout gâché.

La vodka coulait dans mes veines. J'étais à bout de forces, j'étais paralysé par l'alcool. J'étais bien. J'ai fermé les yeux et j'ai senti mes organes se contracter de l'intérieur, se soulever et recracher dans mon ventre une armée de papillons qui le chatouillait. Je me suis senti tourner, tourner comme dans un manège. Je tombais, en tourbillonnant, emporté par un tsunami de vodka, et je me laissais faire. La perte de contrôle était salvatrice, nécessaire. J'avais envie de pleurer, de crier, mais je ne faisais que rire, amusé par mon ivresse et ma solitude.

J'étais à lui maintenant. Complètement. Il n'y avait plus rien dans son chemin. Libre à Jean-Marc Hudson de faire de moi ce qu'il voulait, je ne combattrais plus. J'allais me laisser faire, sans me plaindre, sans résister. Qu'il m'aime, qu'il me dénude et qu'il m'immortalise. Qu'il peigne mes bourrelets si ça pouvait le rendre heureux. Qu'il en fasse une obsession. Qu'il en crève. Ma récompense n'en était que plus ironique. Je prendrais tout cet argent salement gagné et je partirais, loin, je me ferais un autre Émile ailleurs, libre de dessiner ce qui me plaisait sur la table rase. Recommencer, du début, à zéro. Refaire ma vie.

J'ai laissé le néant m'envelopper, s'intégrer dans tous les pores de ma peau, dans mes pensées. Il était presque tangible, comme si tout le noir que je broyais se concrétisait devant mes yeux. Le plancher m'a avalé, et j'ai sombré dans un sommeil comateux, sans rêves.

— Émile, tu arrives tôt.

Je l'étais. La journée était splendide, ensoleillée et l'air du sud donnait à la fin de l'hiver des airs de printemps. Dans les rues, l'odeur de la boue et du gazon qui dégèle embaumait l'air et je n'avais pas pu résister. J'avais envie de marcher, de profiter des rayons du soleil sur ma peau. L'hiver qui s'éternisait m'avait plongé dans une dépression temporaire et il fallait que je la combatte de toutes mes forces.

Je me suis penché sur lui pour lui faire la bise.

— J'ai apporté des croissants aux amandes. Y a une petite place qui vient d'ouvrir au coin, il faut que tu y goûtes, ça va changer ta vie !

J'étais de bonne humeur, le genre d'humeur qui ressemble au bonheur. Après mon épisode de beuverie, une semaine plus tôt, après avoir chassé la migraine et vomi pendant une heure dans ma baignoire, j'avais pris une décision : ne plus me cacher. J'allais foncer dans mon travail avec la naïveté et la fougue de l'adolescent. Arrêter de me poser des questions, d'analyser. Tout faire, aveuglément. Vivre cette aventure bizarre que Jean-Marc me proposait et découvrir un nouvel Émile. J'effaçais le tableau noir de mon passé pour laisser la place à de nouveaux coups de craie. En acceptant cette nouvelle vie, je marchais mieux, plus droit. J'avais l'impression de pouvoir être moi-même et que, peu importe, Jean-Marc m'accepterait tel quel. C'était dangereux. Je m'offrais à lui en sachant qu'il exigerait sans doute toujours plus. Préparé à cette éventualité, je m'étais posé certaines limites et j'étais conscient qu'un jour je devrais mettre fin à ma relation avec lui. Que cela vienne de moi ou de lui, ça ne durerait pas. Il finirait par passer à autre chose, à quelqu'un d'autre. Je n'étais que la saveur du moment. Je m'en contenterais et j'encaisserais les chèques qu'il continuerait de me donner en échange de ma présence. Le marché était bon. Sans faille. Clair.

Je le surprenais rarement dans son intimité, et ce matin-là, à moitié nu sur sa chaise, devant son café, il a semblé surpris de me voir, mal à l'aise. Autant je devais me livrer à lui corps et âme, autant il ne me laissait jamais aller plus loin que ce qu'il désirait que je voie de lui. Il continuait d'entretenir sa vie privée et je n'en demandais pas plus. Sa gêne, cependant, était comme une petite victoire pour moi. En le voyant vulnérable, je venais de gagner une partie de lui, de lui arracher un moment qui lui appartenait, et ça me rassurait de le voir si petit.

Comme je me dirigeais vers la cuisine, j'ai entendu une porte se refermer derrière moi. Je me suis arrêté pour regarder Jean-Marc qui semblait rougir à vue d'œil. Il n'était pas seul. Le garçon est apparu et s'est immobilisé, visiblement mal à l'aise par ma présence. Son apparence m'a choqué. Il était jeune. Début vingtaine, à peine quelques poils au menton. Une longue mèche de cheveux tombait sur son visage, masquant un de ses yeux. De l'autre, il me regardait, timide. Il n'était pas gros, mais costaud, dodu. Un petit homme avec le regard d'un gamin, des allures d'artiste. Il me ressemblait. Une version de moi, quelques années plus tôt, dix ans de moins.

Il a fini de boutonner sa chemise et il est resté planté là, dans son malaise, à fixer Jean-Marc qui semblait soudainement amusé de nous voir nous dévisager. Lorsqu'il a remarqué l'intensité du regard de l'autre, il a sursauté et s'est levé précipitamment.

— Oh! C'est vrai, pardonne-moi.

Il a fouillé dans la commode et, en me faisant un café, je l'ai vu prendre quelques billets qu'il a remis au garçon avant de l'escorter vers la sortie. Il est revenu dans la cuisine s'installer devant son café en enfilant sa mythique robe de chambre. J'ai déposé l'assiette contenant les croissants sur la table et je me suis assis en face de lui avec mon bol de café au lait fumant.

— Vraiment, Jean-Marc? que je lui ai lancé, amusé, un peu énervé par sa gueule victorieuse.

— Quoi? Il faut bien que j'aille chercher ailleurs ce que tu me refuses, chéri.

— Ça en valait le prix au moins?

— Mon cher, ça en vaut toujours le prix quand tu payes. J'ai passé l'âge de courir les bars, et de toute façon les vieux comme moi n'ont plus beaucoup de choix dans ce domaine-là, hélas.

J'ai arraché un bout de mon croissant, je l'ai trempé dans mon café et j'ai pris une bouchée en continuant de le juger du regard.

— Ciboire, Émile, est-ce que ça te dérange tant que ça?

— Honnêtement, je trouve ça un peu triste.

— Pourquoi? Parce qu'il te ressemble?

— C'est pour lui que je suis triste, Jean-Marc. Toi, tu peux ben coucher avec qui tu veux, je m'en contre-câlisse. Un croissant?

L'ancienne banque paraissait moins imposante une fois qu'on s'y était habitué. L'endroit était sublime et dégageait un calme auquel je m'adaptais facilement. Je n'allais pas souvent le voir là-bas. La plupart du temps, lorsqu'il s'y trouvait, c'était pour le travail. Son quartier général, qu'il l'appelait. C'était aussi de là que Sophie travaillait. Elle détestait me voir franchir les immenses portes de bois. Elle adoptait une attitude désagréable et me parlait toujours avec un ton de dégoût, de jugement. J'avais demandé qu'elle me poste mes chèques, histoire de ne pas avoir à me déplacer dans la vieille ville sans arrêt, mais d'autres fois, c'était inévitable. Je restais poli.

— Bonjour, Sophie. Ça va bien ?

— Bonjour, Émile. Tiens, tu peux lui remettre ça pour moi ?

Elle ne me regardait même pas. Froide. Elle avait au moins le mérite de ne pas être hypocrite, chose que je respectais. Elle aurait pu, néanmoins, faire un effort. C'était peut-être, aussi, de la jalousie. Pendant qu'elle se démenait pour satisfaire les caprices de monsieur Hudson, jour après jour, moi, j'avais un accès privilégié à l'univers de l'artiste.

— Ton assistante est d'une humeur massacrante aujourd'hui !

Jean-Marc était prostré derrière son bureau et étudiait minutieusement un grand plan sur papier déplié devant lui. Il a levé les yeux vers moi, l'air concerné.

— Sophie ? Qu'est-ce qu'elle a fait encore ?

— Bah, rien de spécial. C'est sa vraie nature, j'pense.

J'ai déposé le courrier sur son bureau, je me suis effondré sur un de ses fauteuils de cuir et j'ai fermé les yeux. J'aurais pu m'assoupir là, en quelques secondes. Non seulement ils étaient extrêmement confortables, mais je n'avais pas beaucoup dormi. J'avais passé une bonne partie de la nuit au téléphone avec Joanna. Après des jours à lui laisser des messages sur sa boîte vocale, elle avait fini par me rappeler, et je n'avais pas été capable de la laisser raccrocher. Pendant des heures, je l'avais écoutée me raconter sa vie, sa petite voix endormie à l'autre bout du fil, son accent, ses phrases bilingues qui faisaient tourner mon cerveau sur lui-même. Je m'étais confié, excusé, culpabilisé. Elle avait compris. Pas toute la vérité, mais une vérité assez vraie pour ne pas mentir. Un soupçon de vérité dans un immense camouflage. Je lui avais dit que je travaillais pour Hudson, que je l'aidais dans ses projets, sans aller dans les détails. Je ne m'expliquais toujours pas ce que je faisais pour lui, je n'aurais pu lui expliquer sans sonner louche. Elle n'avait pas besoin de savoir. Elle me faisait du bien. Depuis Rebecca, personne n'avait eu cet effet-là sur moi. Après avoir raccroché le téléphone, je m'étais enfoui dans mes couvertures et j'avais été incapable de m'endormir. J'avais fixé le mur en souriant, des chatouillements dans le bas de mon ventre, comme de l'amour.

— Viens voir ça, Émile.

Sur le papier mince, plusieurs lignes avaient été dessinées avec un crayon bleu. J'ai tenté d'y discerner quelque chose, mais toutes les lignes s'entremêlaient, d'autres plus pâles que d'autres derrière de plus foncées.

— Qu'est-ce que c'est?

— Ça, Émile, ce sont les plans de ma nouvelle galerie. C'est une vieille caserne de pompiers inutilisée depuis dix ans. J'ai signé les papiers hier, c'est officiel, elle est à moi. Je vais en faire un endroit grandiose, une galerie d'art intime et des salles de répétitions à l'étage. Peut-être même une petite salle de représentation en arrière, là, tu vois sur le plan? La Caserne. Ça sonne bien. Dans quelques années, ça va être un endroit de diffusion majeur, tu verras!

Il s'est arrêté, comme frappé par une main invisible, et s'est tourné vers moi.

— Est-ce que c'est vraiment ça que tu portes aujourd'hui?

J'ai regardé mes vêtements. Tout venait de lui. Le t-shirt, la veste, les jeans, la casquette, c'est lui qui me les avait achetés.

— Oui, pourquoi?

— Émile! Quand je te dis que je t'emmène quelque part, je veux que tu sois présentable! T'as l'air d'un camionneur, franchement.

J'ai reculé de quelques pas, instinctivement. Il ne m'avait jamais parlé comme ça, pas directement. Je l'avais entendu souvent invectiver Sophie de la sorte, mais il ne s'était jamais aventuré sur ce terrain-là avec moi.

— Je m'excuse, Jean-Marc, ça m'est sorti de la tête... Je peux retourner chez moi me changer si tu veux.

— On n'a pas le temps!

Il a sorti son portefeuille de la poche arrière de ses pantalons et m'a fourré quelques billets bruns dans la main.

— Il y a un tailleur à deux coins de rues d'ici, à l'est. Va t'acheter quelque chose de présentable. Pis fais ça vite, on part dans une heure.

Mon père. J'ai vu mon père en lui, une fraction de seconde. La façon qu'il avait eue de me chasser du revers de la main, comme si je le dérangeais, comme si j'étais le pire des cons. La manière qu'il avait eue de me juger, de critiquer mon apparence. Présentable. Qu'est-ce que ça voulait dire?

L'endroit était bondé de gens, tous plus beaux les uns que les autres. Tout le monde dans le petit restaurant semblait riche à craquer, ça se voyait à son allure, à la manière que chacun avait de boire du champagne comme si c'était de l'eau. De l'extérieur, on aurait pu croire à un petit boui-boui clandestin, mais en y entrant, on était plongé dans le luxe et les belles choses. Chaque élément du décor avait été soigneusement choisi et placé, donnant à la place des allures de musée. L'hôtesse, dans sa robe révélatrice, nous a souri et a appelé Jean-Marc par son nom en nous priant de bien vouloir la suivre. Dans un coin sombre, elle a retiré l'écriteau *Réservé* sur une table et a posé deux petits menus cartonnés.

J'aurais dû être habitué à ce genre d'endroits. Depuis ce matin-là, dans son bureau, Jean-Marc me traînait partout, dans tous ses soupers d'affaires. Jamais je n'avais mangé autant de bons plats, aussi dispendieux. Les vins étaient toujours exquis, et souvent les digestifs duraient jusqu'au petit matin. Il me présentait au gratin du monde des arts dans les endroits les plus huppés et les plus marginaux possible. Il connaissait toutes les places et on le lui rendait bien. Partout, l'accueil qu'on nous réservait était digne de la royauté, et chaque fois je me sentais diminué, malgré moi. Ce n'était pas de sa faute. Lui pouvait se pavaner et afficher fièrement ses avoirs, ses succès. Moi, je n'étais que l'escorte de service. Il me présentait toujours comme son protégé. *C'est un auteur prometteur et il a l'œil pour l'art. Il ira loin.* À tous les coups, je rougissais et je tentais d'éviter les questions indiscrètes me demandant des détails. Je n'avais rien écrit depuis des semaines.

Je ne portais maintenant que du linge griffé, taillé sur mesure pour mon physique hors du commun. Je me rasais de près, chaque matin, et je peignais mes cheveux soigneusement, prêt à toute éventualité. Je ne laissais plus la chance au hasard et Jean-Marc aimait que je sois beau pour lui de toute façon. Il aimait aussi me montrer, comme si j'étais devenu, soudainement, un trophée. Les visages défilaient devant moi, tous les jours, les noms imprononçables. Je les oubliais au fur et à mesure. J'étais là sans y être. Je me contentais de rire des blagues et de sourire, d'acquiescer, de m'intéresser. Dans ma tête, j'étais avec Joanna, au creux de son dos, au chaud, dans son grand lit. Dans ma tête, je n'étais pas soumis à Jean-Marc, dans la crainte de lui déplaire. En quelques semaines à peine, il avait réussi à me modeler et à me posséder. Je m'étais laissé faire. Ma vie était désormais régie par lui et, quand je réussissais à me libérer de son emprise, j'allais me réfugier dans les bras de Joanna. J'y étais bien. Mieux.

— Tu devrais prendre l'agneau ici, c'est la spécialité.

Je regardais le menu en évitant de regarder les prix. La plupart de ces plats-là, je n'aurais jamais eu les moyens de me les permettre dans mon autre vie. Même avec le salaire que Jean-Marc me versait, je n'aurais jamais osé payé autant pour manger, d'instinct, comme si je ne méritais pas cela.

— Je sais pas, les raviolis ont l'air bons.

Il a déposé son verre bruyamment.

— Prends l'agneau, j'te dis. Tu ne le regretteras pas.

J'ai commandé l'agneau en souriant au serveur, trop poli, trop beau dans son habit noir trop propre.

Trop mince, trop élancé. J'avais envie de lui cracher au visage, de l'envoyer promener avec sa gueule de jeune premier. Je détonnais. Je détestais cela. Au moins, j'avais de la place pour bouger. Dans certains endroits où il me sortait, je passais à peine entre les tables. Je devais m'entrechoquer sur les gens pour me rendre à ma toute petite place. Une fois, on nous avait installés sur une grande banquette et, honteux, j'avais dû entrer mon ventre de toutes mes forces pour me glisser entre la table et mon siège. J'avais passé le repas complet à retenir mon souffle, la graisse de mon ventre à moitié sur la table et à moitié dessous, les bras croisés devant moi pour éviter qu'on ne le remarque. Je n'avais pas mangé beaucoup ce soir-là. Une salade seulement. Et Jean-Marc, lui, n'avait rien vu. Pour un homme qui semblait apprécier ma grosseur, il ne faisait rien pour l'accommoder.

J'ai sauté sur le vin comme un animal assoiffé. Je buvais beaucoup. Trop sans doute. J'en avais besoin pour passer à travers ces soirées. J'en avais besoin pour survivre aux séances de photos que Jean-Marc me faisait subir de plus en plus. En m'enivrant, c'était plus facile de perdre mes repères, d'oublier ma pudeur et de lui exposer mon corps. Il me laissait boire, amusé par mon ivrognerie. J'avais un corps de roi, m'avait-il dit, je me devais de l'entretenir et d'agir en conséquence. Je me suis resservi un verre. Le vin rouge était riche, fruité et opaque, comme un porto. Sa chaleur me calmait et effaçait mes envies de raviolis.

— Calme-toi un peu sur le vin, Émile, tu bois comme une adolescente.

Je l'ai fixé. J'ai imaginé sa tête en train d'exploser, sa cervelle partout sur les murs blancs, sur les tableaux géants exposés dans le restaurant. J'ai déposé mon verre en souriant, du mieux que j'ai pu, et je lui ai demandé de bien vouloir m'excuser.

Le vent frais a traversé mon cardigan et est venu glacer ma peau. J'ai frissonné de plaisir. Il faisait une chaleur étouffante à l'intérieur, et le vin n'aidait pas. Je n'avais pas pris la peine de saisir mon manteau, j'avais juste besoin de respirer un peu, de prendre le pouls de la température. Le printemps s'installait dans la ville en prenant son temps. Dans le fond de l'air, des odeurs de pluie imminente sont venues chatouiller mes narines. Je me suis senti mieux. J'avais beau perdre patience contre Jean-Marc, c'était mon gagne-pain et je n'avais pas envie que ça cesse, pas tout de suite. Je ne me voyais pas retourner vendre des livres pour une chaîne de librairies, mal payé, mal accompagné.

Je me suis allumé une cigarette, comme d'habitude, c'est tout ce que j'avais pour me garder les pieds sur terre, c'est la seule chose qu'il ne pouvait pas m'enlever. Il n'aurait pas osé.

— Aurais-tu une cigarette de trop pour moi?

Elle était sortie de nulle part. Par-dessus sa petite robe noire, elle portait un vieux manteau d'armée kaki, trop grand pour elle. Au pied de ses petites jambes blanches, elle portait une paire de bottes noires qui lui montaient jusqu'au milieu des mollets. Elle me regardait avec ses yeux bleus, presque turquoise, à travers une mèche de ses cheveux noirs et minces. Mes jambes ont flanché. J'ai cru la connaître.

— Salut.

— Salut.

— Tiens.

Je lui ai remis une cigarette que j'ai allumée pour elle en tenant mon briquet à bout de bras, incapable de détourner mon regard d'elle. Elle m'a remercié avec sa petite voix.

— C'est pas toi que j'ai vu avec Jean-Marc Hudson à l'intérieur?

— Oui, c'est moi.

— Wow! Tu travailles pour lui?

— On peut dire ça, oui. Tu le connais?

— De réputation seulement. Moi, c'est Morgane.

— Émile.

— Enchantée, Émile.

Elle m'a serré la main. Je n'arrivais toujours pas à mettre le doigt sur l'endroit d'où je la connaissais. Quelque chose dans son attitude me disait qu'elle ressentait la même chose. Une impression de déjà-vu. J'ai continué de lui serrer la main, un sourire niais dans le visage. La porte du restaurant nous a fait sursauter. Deux jolies filles avec des manteaux longs, titubantes, visiblement ivres.

— Morgane, putain, on te cherchait partout, a dit l'une d'elles.

Morgane a pris une bouffée de sa cigarette, ses yeux cadenassés aux miens. Elle a fait une petite courbette, comme une révérence, et a suivi des copines en marchant à reculons, en continuant de me fixer.

— Adieu, Émile. Merci pour la cigarette!

Je lui ai fait un signe de la main, timide, et je l'ai regardée disparaître au loin sur le trottoir. J'ai jeté mon mégot au loin et je suis rentré rejoindre Jean-Marc, le cœur en feu.

*Émile, c'est encore môman. Écoute, lâche-nous un petit coup de fil quand tu as le temps, on s'inquiète, là, ton père pis moi. On veut juste être sûrs que tout est correct. On pourrait aller te chercher si tu veux, la fin de semaine prochaine, tu pourrais venir passer du temps à la maison... OK ? Bye.*

Le silence est revenu dans l'appartement. Je n'avais pas envie de parler à ma mère, pas envie de lui expliquer, de voir la réalité en face. J'ai refermé les yeux et j'ai enfoui ma tête sous l'eau chaude de mon bain, je me suis replongé dans mon autre vie. Là, j'étais bien. Là, Émile n'était plus à la merci de quiconque.

Oublier.

Laver cette impression de saleté qui me collait à la peau. L'impureté.

Me dédoubler de nouveau.

J'ai revu Joanna. J'ai insisté pour la revoir. J'ai inondé sa boîte vocale de messages bilingues et maladroits, parfois loufoques. Je me refusais à laisser notre histoire se terminer sur une baise de mauvais goût, je valais plus que ça et elle méritait mieux. Je devais me racheter, pour tous les autres qui l'avaient blessée avant moi, pour ne pas regretter encore une fois mon incapacité à aimer qui que ce soit. Elle a fini par me rappeler, un lundi matin gris. Dans le brouillard du sommeil, je me suis montré vulnérable, sans aucun filtre.

— Je suis content d'entendre ta voix... Je commençais à croire que tu m'haïssais vraiment. C'était insupportable.

— Oh, *cutie,* je t'haïs pas. *That whole night was just extremely weird.* Et même si je retourne pas tes messages, tu insistes. C'est très *cute and I respect that... So I'm willing to give you another chance.*

L'espoir au ventre, je lui ai ouvert la porte de mon appartement. Ça voulait tout dire pour moi, bien qu'elle n'en avait aucune idée. Personne ne pénétrait dans ma cachette, mis à part peut-être Cédrik et Rebecca... dans une autre vie. Entrer chez moi signifiait entrer dans ma vie, dans ma tête. Ici et là, les reliques de mon passé tapissaient les murs, des photos aux objets hétéroclites. Tout avait sa raison d'être exposé, d'être là. C'était un bordel ordonné dans lequel j'étais bien, où je n'avais rien à cacher.

Elle a regardé autour, curieuse et amusée.

— *I wasn't expecting that.*

— À quoi tu t'attendais?

— Je sais pas. Mais pas à ça. *I like it. It's cozy.*

Elle a fait le tour, comme si elle était dans un musée, en prenant le temps de s'imprégner de chaque chose. Elle a effleuré du bout des doigts la pipe à eau qui traînait dans le coin du salon, la plante verte qui tombait dans tous les sens, les photos noir et blanc d'actrices d'une autre époque, encadrées minutieusement. Ma guitare, ma vieille courtepointe en tas sur le sofa, les livres, partout, empilés çà et là dans un désordre voulu. Elle est passée dans la cuisine où elle a pris place à table, dans la lumière de l'après-midi. Parmi les poêles suspendues, les étagères remplies d'épices et de pots Mason, de livres de recettes tachés, du cendrier à moitié plein, elle avait l'air d'avoir toujours été là, dans mon décor. Elle s'y mêlait si parfaitement que mon cœur s'est mis à vouloir défoncer ma poitrine. Là, en cet instant, il m'était inconcevable que j'aie pu être aussi indélicat envers elle.

J'ai mis de l'eau à bouillir, dans le silence gênant d'une première rencontre. Elle, qui avait toujours été verbomotrice, ne disait rien. Elle me déshabillait des yeux, muette et belle, mystérieuse, comme si elle savait quelque chose que j'ignorais. Je n'osais pas parler. Son mutisme était séduisant, érotique et la tension que je sentais entre nous deux était trop sublime pour que je l'entrecoupe de discussions inutiles. Nous avons bu notre thé, les yeux dans les yeux, en nous souriant timidement, comme des enfants. Je la redécouvrais, comme au premier jour. Je remarquais pour la première fois, dans son visage, des rides de bonheur. Chaque petit détail me semblait spectaculaire et d'une beauté à fendre mon âme en deux. Dans ma cuisine, ce jour-là, j'ai ressenti ce que j'avais oublié être capable de ressentir. Un coup de foudre. Un amour inexplicable et juvénile. L'excitation des premières fois. Elle a brisé le silence, presque en murmurant.

— Tu dis rien ?

— J'ose pas.

— *Why not ?*

— Parce que des moments comme ça, c'est trop parfait. Je ne voudrais pas gâcher ma deuxième chance en disant n'importe quoi.

Elle a baissé les yeux. Son visage s'est enflammé et elle a souri, surprise d'autant d'honnêteté de ma part. Je pensais tout ce que je disais. Elle m'avait ensorcelé, dès le premier jour, et je tentais de recoller les morceaux en étant aussi romantique que possible. Elle avait l'air de mordre à l'hameçon, mais je ne voulais pas trop tirer de mon côté. La dernière fois s'était trop mal terminée. J'attendais qu'elle m'entraîne de son bord.

Elle s'est levée et s'est approchée de moi. Elle a déboutonné sa robe d'une main agile derrière son dos et l'a laissée tomber à ses pieds, me dévoilant son corps d'ivoire, charnu et tentant. À travers la dentelle blanche de son soutien-gorge, ses seins veineux m'invitaient à me blottir contre eux. Elle a passé sa main dans mes cheveux et m'a forcé à la regarder dans les yeux en tenant mon menton entre ses doigts. Après qu'elle a posé ses lèvres sur les miennes, j'étais à sa merci.

— Aujourd'hui, Émile, *I'm gonna show you how it should be done.*

Nous avons fait l'amour, le vrai. Dans les draps fraîchement lavés de mon lit, encore chauds, elle m'a prise en elle, sensuellement, comme jamais une femme ne l'avait fait avant. Elle m'a mené au point d'ébullition en me tenant fermement les mains et s'est jouée de mon excitation avec patience et plaisir, nos deux cœurs communiant, battant à l'unisson. C'était plus que du sexe. C'était comme un tango dans lequel nous changions de place, à tour de rôle. Une danse lascive et lente qui s'éternisait et qui recommençait sans arrêt, comme une chanson en mode répétition. J'arpentais son corps et je la laissais découvrir le mien, sans gêne. Quand le jour est tombé, j'étais toujours en elle, perdu dans les méandres de ses formes, sa peau blanche, son parfum.

C'était la première fois que je ressentais cela. Je m'étais perdu en elle, nous avions fait cela à deux, en harmonie. J'avais tout laissé tomber, mes inhibitions, mes pensées, ma conscience, et je m'étais abandonné à son étreinte. Jamais je n'avais vécu ça avant, jamais. Une sensation vertigineuse, à l'orée de la spiritualité.

Dans l'obscurité quasi totale de ma chambre, elle s'est allumé une cigarette et j'ai regardé la fumée bleue valser au-dessus de moi, exténué, encore ébranlé par la jouissance intense que je venais de vivre. J'avais l'impression d'être en chute libre, que mon esprit tentait de sortir de mon corps pour rejoindre le ciel et exploser d'orgasme. Quelque part entre la réalité de mon lit et l'amour que nous venions de connaître, je n'avais pas la force de me redresser et de m'en allumer une aussi. Elle m'a tendu la sienne, comme si elle comprenait mon état, apparemment amusée et fière de me voir aussi médusé.

Elle est sortie de la chambre sur le bout des pieds. Une fois seul, j'ai souri et je me suis laissé aller au sommeil, satisfait.

Cédrik s'est mis à rire, faisant exploser un nuage de fumée autour de lui. Mon petit salon baignait dans la brume magique. J'avais tamisé l'éclairage et mon nouveau jukebox faisait tourner les petits disques en vinyle, crachant ses tubes folk et country venus d'une autre époque. Les néons de toutes les couleurs donnaient au salon des allures psychédéliques et parmi le kitsch de mes meubles et l'âge de mon appartement, on se serait cru quatre décennies plus tôt.

— Prodigieux, qu'il s'est exclamé, impressionné. Où t'as pogné ça?

Il m'a tendu le grand tube bleu et j'ai pris une grande bouffée du nuage, sentant chaque particule de mon corps se marier à l'effet du THC divin.

— C'est un ami de Jean-Marc qui me l'a vendu. Un médecin. *Good stuff, right?*

— Je parle du jukebox.

Je me gâtais. Après des années de vaches maigres et de sacrifices, je me permettais des luxes que je n'avais jamais crus possibles. La moindre extravagance était à portée de main. J'avais déjà réglé tous mes loyers de l'année en quelques semaines et, grâce à Jean-Marc, je croulais désormais sous une montagne d'argent. J'en profitais pour acheter de belles choses à Joanna, pour la sortir dans les restaurants et les pubs obscurs qu'elle voyait à la télé. J'étais sur un nuage fragile qui menaçait de se dissoudre chaque jour, de plus en plus, mais, tant et aussi longtemps qu'il allait supporter mon poids, j'allais flotter. Profiter. Consommer.

— Ah! Ça, c'est Joanna qui l'a trouvé en ligne. J'en ai toujours voulu un, j'ai pas résisté et je l'ai acheté. Reste juste à trouver des meilleurs 45 tours que ça, mais bon, pour l'instant Hank me fait rire.

— Fack c'est sérieux avec la demoiselle?

— Je sais pas… Définis «sérieux».

Jean-Marc m'avait posé la même question, quelques jours plus tôt. Je n'avais pas su quoi répondre. La plaie laissée par Rebecca venait à peine de cicatriser et, même si le temps pour m'en remettre avait été long et périlleux, je ne me sentais pas prêt à m'engager totalement. J'avais peur. Quelque chose au fond de moi grandissait, un doute sournois qui s'enracinait. J'étais bien avec Joanna, je n'analysais pas la situation. Mais les mensonges dans lesquels je m'empêtrais sans arrêt finiraient bien par me rattraper un jour. C'était délicat. Je pouvais bien me convaincre de l'idéal de la chose, il y avait toujours l'ombre de la vérité qui rôdait, jamais loin. J'évitais le sujet, pour ne pas avoir à me défendre. Elle évitait le sujet pour ne pas savoir. Nous nous faisions du bien.

— Émile, Émile, Émile. Niaise pas avec ça. Regarde où ça t'a mené avec Becky.

Cédrik, la voix de ma raison. J'ai changé de sujet. Rebecca était loin, enterrée, enfermée à double tour dans un recoin de mon cœur, et elle n'en ressortirait pas. Pas maintenant.

— As-tu des nouvelles de la gang?

— Aucune, toi?

— Non. Le calme plat. Tout le monde vit sa petite vie, faut croire.

Sur le plancher du salon, nous sommes restés assis côte à côte, adossés au vieux sofa brun, sans rien dire. Nous avons fixé les néons du jukebox valsant en face de nous, complètement stones et perdus dans la nostalgie des amitiés absentes. Cédrik s'est accoté sur moi en soupirant. Il avait ses propres déboires amoureux, je le savais, même s'il ne me présentait plus ses copines depuis un bon moment déjà. Il vivait ses histoires à l'écart, loin des autres, s'évitant ainsi les jugements. Ses conquêtes faisaient rarement l'unanimité et je crois qu'en cultivant son jardin secret, seul de son côté, il se protégeait de quiconque aurait pu le détruire. Il se contentait de m'en parler, de me montrer des clichés, jamais représentatifs, de ses conquêtes, et je ne lui en voulais pas. Mais je connaissais ce soupir-là, je savais qui était la fille qui le hantait toujours.

Sa tête sur mon épaule, la mienne sur sa tête, nous sommes restés immobiles dans l'ambiance givrée du salon, la musique en sourdine. Je ne me serais permis cette intimité avec personne d'autre, mais Cédrik connaissait tous mes démons, mon passé, et je partageais les siens. Les tabous n'existaient pas en sa présence et nous étions capables, l'un envers l'autre, de faire preuve d'une tendresse fraternelle, comme des enfants, sans arrière-pensées. C'était naturel, ancré en nous. C'est pour cette raison que, quelques jours par année, les rares où nous pouvions faire concorder nos horaires, nous nous permettions de retrouver cette sécurité amicale.

— Je la niaise pas, t'sais. Je suis bien avec elle. Je sais juste pas si je l'aime vraiment ou si je suis juste amoureux du fait qu'elle, elle m'aime. Est-ce que ça a du sens?

— Ça a beaucoup de sens, Émile… mais ça ne répond à rien.

Plus je tentais d'écrire, moins j'écrivais. Je pouvais rester des heures devant l'écran blanc à me perdre dans mes histoires, à mélanger le rêve et la réalité. Les débuts de romans étaient nombreux, trop nombreux peut-être. Ils restaient là, inachevés sur mon disque dur. Ils ne prendraient jamais forme. Tout était mauvais, mal écrit. Toutes les idées que j'avais étaient d'un ennui mortel. Ou bien je me vautrais dans les clichés les plus absurdes. Combien de vies parfaites m'étais-je inventées devant cet écran? Au final, je ne faisais que reproduire mes fantasmes, que récrire le roman de ma vie comme j'aurais voulu qu'elle soit. Je finissais par m'y perdre et la réalité devenait alors trop laide, trop insupportable. Alors, à défaut d'autofiction, je m'autoflagellais.

— Je suis tombé sur ton roman l'autre jour, m'a dit Joanna.

Je me suis retourné vers elle, intrigué. J'avais presque oublié l'existence de ce livre maudit, écrit dans un moment de ma vie que j'essayais d'effacer.

— Vraiment? Je pensais qu'ils avaient brûlé tous les exemplaires invendus.

— *I don't know about that...* Mais je l'ai lu.

— Pauvre toi, je m'excuse. Tu aurais dû m'en parler avant, je t'aurais convaincue de ne pas t'aventurer là-dedans.

— *Why ? It wasn't bad. Just really depressing.*

— Ouais, bon, j'étais jeune, convaincu et obsédé par Henry Miller.

Ça l'a fait rire. Je me suis fait un coussin d'oreillers et je me suis assis pour m'allumer une autre cigarette. Elle est venue se lover contre moi. Nos deux corps semblaient faits l'un pour l'autre, s'emboîtant à la perfection.

Je détestais parler de ce roman. À l'époque, j'avais cru en mon talent, à la gloire assurée qu'il allait me rapporter. J'allais devenir la voix d'une génération perdue, le poète de la vérité. Tous les hommes de mon pays allaient s'identifier à mes malheurs, et on chanterait mes louanges aux quatre coins du monde à travers mes nombreuses traductions. La réalité avait fini par me frapper durement. Malgré le soutien de mon éditeur, qui s'était dit enchanté par mon humour noir, les critiques avaient fait de mon roman le pire objet à posséder. *Une perte de temps*, avait écrit l'une d'elles. *Un premier roman autobiographique, voire thérapeutique, où l'auteur s'apitoie sur son sort dans une longue litanie, sans goût, sans style. Une autofiction trash aux allures de déjà-vu*, avait écrit un autre. Quelques mots un peu plus élogieux avaient fait leur apparition après, mais trop tard. Le mal avait déjà été fait. Aucun libraire n'avait osé poser la main dessus. J'y avais mis mon âme, ma peine, je m'étais mis à nu et on m'avait crucifié sur la place publique. Je n'étais pas un auteur, encore moins un romancier. J'étais un imposteur dans le monde littéraire qu'on avait fait l'erreur de publier.

— Alors ? C'était qui ?

— C'est une longue histoire… Lawrence Durrell a écrit : « Il y a que trois choses qu'on puisse faire avec une femme. On peut l'aimer, souffrir pour elle ou en faire de la littérature. » Disons que j'avais déjà fait les deux premières.

— *You're so pretentious !*

99

— Ha ha. Oui, peut-être.

Nous sommes restés enlacés, longtemps. Le temps s'est arrêté, il n'y avait plus que Joanna et moi, le lit, le chat. Le silence. Nous avons refait l'amour ce soir-là, comme deux amants qui se disent au revoir, pendant que la pluie froide du mois de mars martelait la fenêtre. Au bout d'un moment, après avoir repris notre souffle, Joanna a murmuré dans la nuit :

— *Did she really hurt you that bad ?*

Comment lui dire que, encore aujourd'hui, la douleur était lancinante ? J'avais beau l'avoir exorcisée sur des centaines de pages blanches, Rebecca continuait de hanter mes rêves. Même dans mes fantasmes éveillés, elle venait s'immiscer, comme si elle devait tout gâcher, tout le temps.

Je suis resté silencieux, priant le sommeil de venir m'emporter. Je voulais tourner la page, ne plus y penser. Demain, peut-être, les mots finiraient par sortir et je pourrais enfin écrire mon roman, le roman qui ferait oublier qu'un jour, j'avais eu le front de publier ma vie.

Le coin de rue était triste et gris, et semblait oublié du reste du monde, comme si la ville entière lui avait tourné le dos. Du banc où nous étions assis, nous pouvions voir la devanture de la vieille caserne se dresser devant nous, à l'abandon. Même les graffitis qui tapissaient la pierre avaient l'air d'une autre époque. À notre gauche, de l'autre côté de la rue, le parc ressemblait plus à un dépotoir. Parmi la neige brune et fondante, des monticules de déchets divers apparaissaient. Les arbres mourants, les trottoirs lézardés et sales sur lesquels traînaient plus de cochonneries que dans la poubelle à côté de nous. Plus personne ne devait aller nettoyer là. Le quartier était morne et glauque. Autour de nous, quelques vieux immeubles industriels s'élevaient vers le ciel bleu, bravant les saisons. Seul un vieux restaurant survivait, pas très loin, sa vitrine recouverte d'une épaisse couche de poussière, un vieux néon clignotant la décorant.

— T'es sûr de ta *shot*?

Jean-Marc souriait. Il devait y voir quelque chose de plus. Il adorait ce genre d'endroit, isolé et laissé à l'abandon.

— Tu vas voir, mon Émile. Dans quelques années, tout ici va briller. Ça va être d'une beauté à toute épreuve, comme si tout reprenait vie. Je connais déjà des entrepreneurs qui sont intéressés à ranimer l'endroit. Ça va exploser d'artistes et de bons restos.

J'avais du mal à le croire, mais il avait à son actif d'autres réussites du genre, paraissait-il. Je ne pouvais m'empêcher de repenser à cette vieille bâtisse grise et bleue qu'il détenait, là où j'avais passé l'entrevue pour sa soirée. Est-ce qu'elle allait aussi renaître de ses cendres ? «Jean-Marc Hudson, c'est un visionnaire, m'avait dit Joanna. *Everything he touches turns to gold.* » L'étendue de ses possessions était, en effet, impressionnante. Mais à force de le côtoyer, j'avais de plus en plus de mal à le voir comme un visionnaire. Il était devenu pour moi un vieil homme sympathique avec des idées de grandeur. Dans l'intimité, il n'avait rien de l'égocentrique qu'on m'avait décrit. Certes, il se plaisait à me faire poser nu, mais plus je fréquentais Joanna, plus je pouvais comprendre son attirance envers moi. Ça me sidérait toujours, c'est vrai, mais je comprenais qu'on puisse aimer les formes, qu'elles puissent nous exciter. Je ne saisissais simplement pas comment quelqu'un pouvait retrouver cet érotisme-là chez une personne du même sexe. Encore moins chez moi.

— On entre ?

— Non, on ne peut pas encore, ce n'est pas assez sécuritaire.

— Qu'est-ce qu'on fait ici, d'abord ?

— Rien. Je voulais juste te montrer. Je voulais juste la voir encore. J'ai passé deux heures assis ici, hier, à la regarder. Ma caserne… Allez, viens, je t'offre un café !

Nous avons marché dans la ville morte, le soleil réchauffant nos visages, le centre-ville au-dessus de nous. Jean-Marc a passé son bras autour de mon cou, comme un vieux copain, et m'a indiqué plusieurs bâtisses qui le fascinaient. Il se passionnait pour l'architecture d'avant la Seconde Guerre mondiale et, dissimulés dans les recoins de la ville, se cachaient des trésors, selon lui, que plus personne n'admirait.

— Il fut une époque où cette rue-ci grouillait de monde. Il y avait un rail de tramway, juste là, au milieu de la rue qui menait jusqu'au milieu du centre-ville. Tous les bons commerçants dignes de ce nom se battaient pour avoir une adresse ici. C'est triste et tellement beau en même temps, tu trouves pas?

Jean-Marc me faisait redécouvrir une ville que je croyais connaître par cœur. J'avais passé le plus clair de ma vie dans cette métropole, et ce n'est qu'à travers ses yeux que je la voyais pour la première fois, dans toute son histoire, toute sa splendeur.

— Nous oublions de regarder, avait-il dit. Nous passons devant tant de belles choses, nous marchons sur le passé, sans nous apercevoir de la chance que nous avons. J'ai vu des villes dévastées par la guerre, démolies par les hommes. J'ai vu des villes neuves, sans âme, se construire à coups de centres d'achats et de grands boulevards. Ici, il y a des fantômes partout, des odeurs qui n'existent nulle part ailleurs. Je veux que le monde entier voie ce que je vois, c'est pour ça que je fais ça. Au-delà des arts, au-delà des spectacles et des soirées mondaines, je veux revoir la ville s'éclater au grand jour, à la face du monde. Si je dois y mettre toutes mes économies, je le ferai. Ce sera mon héritage.

Je trouvais cela fascinant. Ses yeux s'illuminaient lorsqu'il en parlait, il avait l'air d'un enfant émerveillé. Je me contentais d'écouter, d'absorber chaque information, comme un élève studieux. C'est ce que j'étais, en quelque sorte. Il me payait pour l'être. Je me sentais coupable, parfois, quand je me surprenais à me plaire avec lui, comme s'il était inconcevable d'être rémunéré pour être bien. Quelque chose me dictait d'être malheureux, de ne pas aimer ce que je faisais. D'un côté, si je me plaisais à ses côtés, je me sentais mal de lui soutirer de l'argent pour passer un bon moment. De l'autre, je m'en voulais de ne pas être authentique envers lui, de maudire sa présence, en sachant très bien qu'il me faisait vivre. Je vivais en constante contradiction avec lui. Il ne m'attirait pas, mais je prenais mon pied en sachant que moi, je l'attirais. Nous nous étions foutus dans un jeu de séduction malsain, et j'avais la certitude que j'allais finir par devoir en payer le prix. Le karma avait cette habitude-là de me revenir en plein visage, au moment où je m'y attendais le moins.

— Je voudrais bien lire ce que tu écris, ces temps-ci. Je suis persuadé que ton style a changé depuis ce premier roman.

— Je suis un écrivain raté, Jean-Marc. J'ai jamais eu le courage de mes convictions.

— Quand même, tu devrais te réessayer. J'ai plein d'amis éditeurs à qui je pourrais te présenter. La femme de Jashan, d'ailleurs, est directrice d'une grande maison d'édition.

— Jashan? LE Jashan? Il est marié, lui?

— Oui, pourquoi, ça te surprend?

— Mettons que j'ai de la misère à te croire.

— Je t'assure que Jashan est joyeusement marié. D'ailleurs, son épouse est d'une beauté à toute épreuve. Elle était là, l'autre soir chez lui, dans la belle grande robe blanche.

— Jean-Marc, je l'ai vu *frencher* un gars à pleine bouche le soir de ton anniversaire, je pense pas qu'il soit *straight*.

— Ah! Émile, Émile... Ce qui se passe dans ces soirées-là reste dans ces soirées-là. Jashan, c'est un artiste, un vrai. Il ne se limite pas au sexe, il vit pleinement ce qu'il a à vivre. Il aime les humains. Faut pas juger ce qu'on ne connaît pas.

Je le voyais venir, avec ses grands chevaux. Ben-Hur, dans toute sa splendeur, aurait été moins évident, plus subtil. Je me suis allumé une cigarette. Il avait horreur de ça et j'avais envie de tuer toute envie de sa part de me faire la cour, encore. Comme s'il avait compris le message, il s'est contenté de marcher en silence, les mains dans les poches de son blouson. Je détestais ces moments de malaise où il insistait. *Si tu te laissais aller, Émile, je pourrais te faire découvrir des plaisirs insoupçonnés.* Chaque fois, je devais le repousser, le remettre à sa place. Je connaissais ses instincts, je les comprenais. Mais je ne partagerais jamais son lit, c'était ma limite, ma seule condition. J'avais embrassé Cédrik, une fois, par défi, complètement bourré, et ça m'avait suffi pour comprendre que je ne jouerais jamais sur ce terrain-là. Ce n'était pas de l'homophobie. Par curiosité, une fois, j'avais regardé un porno gai, pour voir, pour comprendre la mécanique. J'avais été fasciné par la chose, mais jamais allumé. Jashan, assurément, devait jouer des deux côtés de la clôture. Je pouvais concevoir la bisexualité, mais l'infidélité me puait au nez. Je n'avais aucun respect pour cela et je ne pourrais plus jamais le voir de la même manière.

— Qu'est-ce qu'on fait cet après-midi?

— C'est vendredi, Émile. Tu peux venir avec moi au bureau, prendre ton chèque et rentrer chez toi. Je vais en profiter pour mettre de l'ordre dans mes affaires. Je passe tellement de temps avec toi que je suis en retard dans ma paperasse. Sophie est en train de faire de l'hystérie.

Nous avons fait un arrêt dans un petit café dans le sous-sol d'une vieille maison. Nos énormes *latte* dans les mains, nous avons erré sur les remparts devant la rivière qui coupait l'horizon en deux, s'étirant de tout son long vers l'infini. La journée était bonne, la lumière exceptionnelle. Jean-Marc a sorti son appareil photo de son sac et en a profité pour soutirer quelques clichés du paysage, de moi, souriant et heureux, mon café, ma clope, le soleil. J'étais désormais habitué à ces séances impromptues, je savais de quel côté la lumière frappait, quel profil fonctionnait le mieux. Je me laissais prendre au jeu, séduisant l'objectif, tout pour son art, pour son plaisir.

Dans l'ancienne banque, le soleil pénétrait de partout pour venir éclairer la nouvelle exposition de Jean-Marc qui devait s'ouvrir dans moins d'une semaine. Les sculptures de bronze étaient toujours les mêmes, mais les toiles suspendues au mur avaient changé. Je l'avais vu plancher sur la fin de cette série avec l'énergie du désespoir, en transe, mélangeant ses couleurs avec minutie, instinctivement. C'était sombre et glauque, comme si on observait des fleurs pourrissantes à travers un microscope. Il avait appelé ça *Stupeur*. Ça me plaisait.

Sophie était en état de panique extrême, contrastant avec la dégaine typique de Jean-Marc. Plus elle semblait s'énerver, plus il semblait s'en amuser. Elle avait un tas de choses à lui communiquer, à lui faire approuver, des messages à la tonne et les courriels non lus menaçaient de faire exploser son ordinateur. Jean-Marc lui a ordonné de se calmer, nonchalant, il avait quelque chose à me montrer. Je me suis senti mal et je me suis excusé silencieusement à Sophie qui est retournée derrière son bureau, agacée, à bout de nerfs. J'ai laissé Jean-Marc monter dans son bureau et j'ai été la voir.

— Sophie, j'ai rien à faire cet après-midi, je peux t'aider si tu veux.

Elle m'a fusillé du regard, comme si je venais de dire la pire des atrocités.

— Non, ça va. Qu'est-ce que tu connais là-dedans, *anyway*?

— Correct, je faisais juste proposer.

— Émile, sans vouloir être impolie, tu me nuis plus qu'autre chose. Si Jean-Marc ne passait pas la majorité de son temps avec toi, à faire je-sais-pas-quoi, je-sais-pas-où, j'aurais pas ce problème-là. Fack arrête de te prendre la tête pis de te penser important. T'es pas le premier que je vois passer pis, *truste*-moi, t'es pas le dernier ! Si tu veux vraiment m'aider, convaincs-le donc de faire sa job une fois de temps en temps.

Je suis resté de glace devant autant d'agressivité. J'avais toujours su qu'elle ne m'appréciait pas, mais jamais je n'aurais cru que ça prendrait une telle ampleur. J'avais pitié d'elle. Je voyais qu'elle travaillait sans relâche, sans reconnaissance de la part de Hudson. Elle voulait bien faire. Trop. Ça la détruisait de l'intérieur et faisait transparaître toute la laideur qu'elle traînait au fond d'elle-même. Incapable de lui répondre quoi que ce soit, j'ai pris l'enveloppe à mon nom sur son bureau et je lui ai tourné le dos, sans cérémonie.

J'ai gravi les marches de marbre avec aisance. À force de marcher dans la ville, je commençais à reprendre la forme. Peut-être était-ce aussi l'amour que je faisais de plus en plus souvent. Peu importait. Je me sentais en possession de mes moyens, ça faisait longtemps. Dans son bureau était posé sur un chevalet ce qui ressemblait à un cadre recouvert d'un tissu blanc. Jean-Marc m'a paru nerveux, comme si le trac de me dévoiler son œuvre le rongeait de l'intérieur.

— J'avais hâte de te le montrer. J'en suis extrêmement fier. Il était grand temps que je change le décor, ici.

Il s'est avancé vers le mur opposé à son grand bureau antique et a décroché la toile qui s'y trouvait, un tableau que, je le savais, il aimait beaucoup. C'était le portrait qu'il avait fait d'un ami qui était décédé du sida, il y a longtemps, bien avant que je le connaisse, avant sa fortune. Ça m'a surpris. J'avais vu, dans le fond de ses yeux, la tristesse immense qu'il ressentait en me parlant du tableau. Il se souvenait des moindres détails, de la musique qui jouait à l'heure précise où le soleil s'était couché.

Il s'est posté à côté du chevalet, les yeux fermés, incapable de contenir son impatience. Je me suis approché et, comme j'arrivais à sa hauteur, il a dévoilé la photo, encadrée sobrement avec du bois riche et teinté de noir. J'étais là, à travers la fumée dansante, les yeux regardant au loin, perdus dans l'horizon spectaculaire de la ville. Derrière moi, le ciel était flamboyant, comme si au-delà du centre-ville illuminé, le ciel avait pris feu. Entouré d'une aura rouge, orangée, jaune, noire, j'étais adossé à la fenêtre de son appartement, ébahi par la beauté du panorama, les bras repliés sur moi-même, une cigarette à la main. Je me souvenais de ce moment-là, ce moment précis. Le plus frappant, c'est qu'à travers la mèche de cheveux qui tombait dans mon visage, parmi le décor plus vrai que nature, on ne voyait que mes yeux noirs, profondément tristes, presque agonisants.

— Jean-Marc...

Je n'avais plus de voix, plus de mots. C'était d'une beauté foudroyante.

— Le vois-tu maintenant, ce que je vois ?

Je vivais dans ma petite bulle, dans un bonheur presque constant. D'un côté, je prenais les journées passées avec Jean-Marc d'un œil positif et je me surprenais même à apprécier sa compagnie. Il demeurait hitlérien à ses heures, m'imposant ses volontés sans crier gare, mais il avait, le reste du temps, un sens de l'humour dévastateur qui me plaisait bien. De l'autre, Joanna partageait mon quotidien avec normalité, comme si notre relation était une évidence. Soir après soir, nous squattions nos appartements respectifs. J'aimais la propreté, la sécurité du sien et elle préférait le chaos tranquille du mien. Chaque instant passé avec elle était naturel. Nous n'avions besoin de parler que lorsque nous en sentions la nécessité. Nous passions des heures, assis l'un contre l'autre à lire les romans que nous nous conseillions, à écouter la musique folle que nous découvrions ensemble. Sa passion pour l'art nourrissait mon désir d'en connaître toujours davantage et j'utilisais mes nouvelles connaissances pour impressionner Jean-Marc qui m'écoutait toujours, captivé par ce que j'avais à dire. Mes deux réalités se mêlaient, l'une dans l'autre, comme des vases communicants, et je pouvais les vivre en parallèle, sans me faire poser de questions. Joanna savait que je travaillais pour Hudson, mais ne me demandait jamais quelle était la nature de mes tâches. Lui savait que j'avais Joanna dans ma vie et ne m'en tenait pas rigueur. Il continuait de flirter avec moi en toute désinvolture et je me laissais faire, satisfait de plaire, heureux de me sentir beau.

Joanna avait obtenu un petit rôle dans une pièce de théâtre. Ce n'était pas grand-chose, mais ça la rendait heureuse de se retrouver sur les planches, sous les projecteurs. J'avais réussi à traîner Cédrik avec moi pour la première. J'appréhendais de me retrouver là-bas, seul, avec toute l'élite universitaire anglophone. C'était comme me retrouver dans une autre ville. Le petit théâtre n'avait qu'une centaine de places assises, mais parmi les personnes réunies, je ne me sentais pas à ma place, comme si j'avais un signe géant au-dessus qui disait : *I'm not one of you.* Je suis sorti des toilettes, à l'entracte, et je me suis frayé un chemin vers l'extérieur, retrouver Cédrik, fumer une cigarette, discuter de la pièce, mal écrite, me semblait-il, mais dans laquelle Joanna brillait. Je l'ai surpris en pleine conversation avec une fille dont je ne discernais pas le visage. Il lui a glissé quelque chose à l'oreille et elle s'est esclaffée. J'espérais qu'il ne s'agissait pas d'une autre de ses groupies. Elles étaient décidément partout et nous étions rendus au point où nous ne pouvions aller nulle part sans qu'il se fasse accoster par l'une d'elles. Une sensation étrange a parcouru mon échine, un déjà-vu désagréable.

Morgane. Elle était là devant moi, dans toute sa beauté, sa petitesse, son manteau trop grand pour elle, ses bottes, ses jambes dénudées, sa jupe rouge, sa blouse, ses cheveux noirs... Je ne l'avais croisée qu'une seule fois, au milieu de nulle part, à la sortie d'un restaurant, mais elle avait laissé en moi une trace. Je cherchais depuis où j'avais pu la croiser, d'où je pouvais bien la connaître.

— Émile, j'te présente Morgane. Morgane, Émile.

Nous nous sommes dévisagés en nous serrant la main. Incertain qu'elle me reconnaisse, je n'ai rien dit.

Mais elle m'a souri en me faisant un clin d'œil complice et, encore une fois, mes jambes ont flanché.

«Vous vous connaissez?» que j'ai demandé à Cédrik en essayant d'avoir l'air le plus naturel possible.

— On a déjà fait une couple de shows ensemble.

— Ah, cool.

J'ai hoché la tête, ne sachant plus quoi dire, et nous sommes restés là, dans un silence gênant. Elle a donné un coup sur l'épaule de Cédrik, amicalement.

— Bon, je vais rentrer rejoindre mon monde. Appelle-moi donc, kâline, ça fait longtemps!

Elle s'est retournée face à moi en s'en allant vers l'entrée.

— Adieu, Émile. Merci encore pour la cigarette!

Elle m'a fait un autre clin d'œil complice et a disparu dans le théâtre. Je suis resté silencieux, figé par ce qu'elle venait de me dire. Non seulement elle m'avait reconnu, mais elle s'était souvenue de ce petit détail anodin. Cédrik m'a interrogé du regard.

— Est-ce que j'en ai manqué un bout?


Les lumières de la salle se sont allumées et la foule s'est soulevée d'un coup dans un grand fracas d'applaudissements et de cris. Sur la scène, Joanna, resplendissante, a pris la main de ses camarades pour nous tirer sa révérence. Elle a balayé la salle des yeux pour me trouver et je me suis mis à crier plus fort pour saluer sa prestation. Je l'avais vue danser, désarmante, au party de Jean-Marc, mais lorsqu'elle entrait en scène, il n'y avait plus qu'elle, comme si elle avait aspiré tout l'air de la salle. J'ai continué de l'applaudir pour un rappel. Les gens autour avaient l'air aussi enthousiastes que moi. À quelques rangées de nous, Morgane sifflait entre ses doigts. Elle s'est retournée vers moi en souriant, en continuant d'applaudir, comme si elle avait senti mon regard sur elle. Je ne l'aurais jamais remarquée avant l'entracte, mais elle est la première chose que j'ai vue quand nous sommes revenus de l'extérieur. Tout au long du restant de la représentation, mon attention a erré de la scène à Morgane, sans que je puisse faire quoi que ce soit. Elle était aimantée. Je n'arrivais pas à mettre le doigt sur ce qui me fascinait chez elle. C'était ridicule, elle ne m'avait, peut-être, que servi un café quelque part, des années auparavant. Je l'avais peut-être déjà croisée dans un des spectacles de Cédrik, c'était plausible. Mais j'avais toujours la sensation bizarre de la connaître plus que ça, comme si dans ses yeux, je retrouvais un trésor de mon enfance.

Malgré le magnétisme de Joanna, j'avais passé le reste de la représentation dans le néant, à rêvasser de Morgane. Les filles comme elle ont toujours été inaccessibles pour moi. Les obèses n'attirent pas les canons. Ce ne sont que des fantasmes, des vidéos volées sur le Net. Jamais je n'aurai le physique ou la confiance pour pouvoir me permettre une telle femme à mes côtés. Mais ce soir-là, son clin d'œil restait gravé dans ma tête et refusait d'en sortir, comme un mauvais ver d'oreille.

Je nous imaginais quitter la salle en catimini, sa petite main se refermant sur la mienne et m'entraînant à l'écart. En quelques secondes, nous nous retrouverions isolés, seuls dans le petit recoin d'un corridor menant à une sortie de secours. J'attraperais son autre main. Morgane me regarderait intensément, son visage si proche du mien que je pourrais sentir son haleine chaude sur mon menton. Nos mains se fusionnant, se balançant de haut en bas, de droite à gauche, indécollables, énervées, hors de contrôle. Nos paumes soudées créant des éclairs qui se disperseraient en moi en millions de coups de foudre. Nos regards, rivés l'un sur l'autre, ses yeux bleus, turquoise, me coupant le souffle. Plus rien n'aurait de sens. Elle me murmurerait des soupirs à l'oreille, haletante. Adossé au mur, ému de son contact, je l'embrasserais, subitement, avec une passion viscérale. Plus forte que moi. Ses mains dans mes cheveux, mes mains saisissant sa taille, je connaissais son corps, c'était chez moi. Plus rien n'aurait d'importance. Nous nous perdrions dans notre baiser avec l'énergie du désespoir. Une question de survie. Lorsqu'elle se retirerait de moi, je sentirais tous mes os se fendre, comme si elle venait de m'arracher un morceau de squelette. Une douleur intense, un manque épouvantable.

— Arrête, il faut pas, qu'elle me dirait, dans un souffle.

Nos regards refusant de se quitter. Nos mains essayant, tant bien que mal. Mais chaque tentative de se séparer les ferait se resserrer plus fort, une force de la nature, un magnétisme foudroyant, insensé.

— Émile ?

Les applaudissements mourant, le rideau est tombé et la foule a commencé sa longue marche funèbre vers la sortie. Cédrik me dévisageait.

— Ça va ? T'as pas l'air là pantoute.

J'ai agrippé mon manteau et je me suis lancé dans l'allée, essayant de ne pas marcher sur les pieds de quiconque. À petits pas, j'ai fini par émerger dans le hall, ma tête prise dans un cyclone d'émotions et de sensations. Je ne savais rien d'elle, même pas son nom de famille. Je pouvais presque sentir son odeur sur moi, sa chaleur. L'air frais a attaqué mon visage et je suis revenu peu à peu à moi-même. Elle semblait s'être volatilisée, aussi vite que mon rêve éveillé. Qu'est-ce que je faisais là à rêver d'une autre quand je semblais avoir trouvé chaussure à mon pied ?

Joanna est sortie, une cigarette à la main et une bière dans l'autre, soigneusement dissimulée sous son manteau de poils. Elle m'a serré dans ses bras et m'a embrassé. Toujours sous le choc, je lui ai renvoyé son étreinte.

— *You were amazing out there!*

Elle a semblé satisfaite de mon air ahuri, comme s'il était dirigé vers sa performance. Mais j'étais déjà passé outre la pièce. Le baiser de Joanna n'avait rien provoqué en moi, pas comme celui, imaginaire, de Morgane. C'était le baiser de la routine, du confort.

— Je vais aller continuer le party avec les autres. *You wanna come* ou je te rejoins plus tard chez vous?

— Je pense que je vais rentrer, j'ai du travail à faire.

Elle a acquiescé, perdue dans ses pensées. Elle était trop heureuse, trop sur l'adrénaline pour remarquer quelque chose. Je l'ai laissée repartir à l'intérieur et Cédrik est arrivé derrière moi, serein et satisfait de sa soirée.

— Es-tu correct, *man?* T'as l'air d'avoir vu un fantôme.

Je n'étais pas correct, j'avais l'impression que je ne pourrais plus jamais l'être. Nous avons partagé un taxi jusque chez lui, et j'ai continué la route seul, la tête pleine de Morgane, pleine de Joanna, le cœur scindé en deux, désagrégé.

— Déshabille-toi, m'a-t-il dit. Tranquillement.

Il avait prononcé ces mots doucement, avec un ton se rapprochant plus du désir que de l'ordre. Je l'ai regardé, incrédule, pour voir s'il était vraiment sérieux. Dans son fauteuil de cuir, il était assis, immobile, presque tremblant, les yeux fermés. Il attendait.

J'ai voulu fuir, l'espace d'une seconde, partir en courant, fermer la porte et ne plus jamais revenir. Mais quelque chose, l'alcool peut-être, m'empêchait de bouger. Quelque chose me donnait envie de faire plaisir à cet homme, de m'exécuter et d'oublier, pendant un instant, la situation incongrue dans laquelle je m'étais lancé corps et âme.

J'ai déboutonné ma chemise, un bouton à la fois, en retenant ma respiration. Dans le silence absolu, je l'ai laissée tomber le long de mes bras. J'ai agrippé mon t-shirt par le collet et j'ai tiré dessus, soigneusement, en ne le quittant pas du regard. Je défiais ses paupières, toujours closes, et lui, il restait là, immobile, arquant les sourcils au bruit sourd de mes vêtements qui atterrissaient sur le sol. J'ai déposé mon jeans sur la chaise en continuant de lui faire face.

J'ai frissonné.

Un grand frisson. Un frisson de peur, d'excitation, de malaise. Un courant d'air. J'ai senti la chair de poule envahir ma peau, chacun de mes pores se durcir au contact de l'air, mes mamelons se tordant de douleur.

Par les grandes fenêtres industrielles, je pouvais voir la tempête qui faisait rage. Je n'y voyais qu'une armée de gouttes de pluie frapper violemment le verre dans une course effrénée. Il n'y avait que nous deux. Il n'y avait que lui, que ses yeux pour me voir. Nous étions isolés. Seuls.

Seul, petit et vulnérable, j'ai enlevé mon sous-vêtement. Un vertige a gagné ma tête, et j'ai cru que j'allais tomber, inconscient, victime de mon corps, de mon cœur qui semblait battre plus vite qu'il n'en était capable. Rester debout, je devais rester debout. Ça me demandait un effort incroyable, toute ma concentration. Le cœur dans la gorge, le regard fixant désormais le vide, je suis resté là, devant lui, dans toute ma laideur et ma fragilité. Nu.

C'était pire qu'un miroir. Je me dévoilais à cet homme, que je connaissais à peine, par pitié, par soucis pécuniaires. Je me vendais au profit de mon intégrité, de mon orgueil. Je m'offrais à lui avec une ivresse gênante, dans la crainte de ce qu'il allait ensuite tenter... avec l'appréhension de ce que j'étais, peut-être, prêt à faire, de jusqu'où j'étais préparé à aller. Jusqu'où allait-il pousser mon humiliation pour son plaisir ?

Il s'est levé, lentement. Il a tamisé l'éclairage et s'est dirigé vers le meuble, près du mur. Un appareil photo dans les mains, il est revenu s'asseoir confortablement dans le fauteuil de cuir. Il a soigneusement croisé les jambes et m'a observé. C'était insupportable. J'ai fermé les yeux, pour me distancier, pour ne pas voir son regard vicieux m'observer, pour empêcher les larmes, qui venaient d'obstruer ma vue, de couler le long de mon visage. Il ne m'avait jamais touché, voire effleuré, et pourtant je me sentais violé. Je ne m'habituerais jamais à ces séances.

J'ai entendu la musique, au loin, semblant sortir de partout, de nulle part, des murs, du plancher, du plafond. La musique m'entourait, m'enveloppait. C'était une musique douce, comme celle d'une boîte à musique, d'un coffre à bijoux de fillette. Des violons sont entrés, puis un accordéon, des percussions. J'étais envahi de tous les côtés par la musique déprimante et jolie qui semblait pénétrer dans ma peau et m'envelopper.

J'ai ouvert les yeux. Il était debout devant moi, à quelques centimètres à peine de ma nudité. Je pouvais sentir son odeur, la chaleur de son corps, son haleine de whiskey. Il a plongé son regard dans le mien, un sourire en coin.

— Maintenant, je veux que tu danses. Danse pour moi.

Il est resté là, à quelques centimètres de mon visage à respirer bruyamment, me crachant son haleine de whiskey au visage. J'avais trop bu et le sentir si près pendant que j'étais aussi vulnérable me donnait l'impression de flotter. Danser. Je ne savais plus comment danser ni sur quel rythme. J'ai fermé les yeux et j'ai laissé mon corps bouger au son des percussions.

J'ai tournoyé sur moi dans un mouvement tribal. Tous mes excès de graisse se soulevant et retombant, mous et lourds, tirant ma peau vers le bas. Le déclic de l'appareil photo de Jean-Marc a retenti et, derrière mes paupières closes, j'ai vu l'éclair du flash. Un pas après l'autre, j'ai fait aller mes bras sur la musique des violons en tentant de suivre le rythme avec mes pieds. Je me sentais comme ces vieilles femmes qui dansent seules au-devant de la scène dans les festivals, en transe. Je me sentais ridicule.

— Arrête ! Arrête, arrête, arrête !

J'ai stoppé mon élan et je me suis figé. La musique s'est éteinte et Jean-Marc a lancé la télécommande sur le mur, hors de lui. Il a saisi mes vêtements sur le sofa et a commencé à me les jeter au visage, violemment.

— Rhabille-toi!

J'étais sous le choc, étourdi par ma courte danse, saisi par sa colère. Immobile, mes vêtements pêle-mêle pendant entre mes mains, j'ai attendu qu'il arrête de tout lancer autour de lui.

— Qu'est-ce qu'il y a?

— *Qu'est-ce qu'il y a?* Qu'est-ce qu'il y a? Tu ris de moi! Je te demande de danser, danser, Émile, c'est pas compliqué, il me semble! Et tu es là, à te tortiller dans tous les sens. T'es vulgaire! Va-t'en!

Je me suis vêtu en vitesse, incapable d'endurer ma nudité une seconde de plus, de sentir l'air malsain de son loft effleurer ma peau. La boule de honte qui se cachait dans ma gorge venait de se transformer en rage. Je l'avais souvent vu perdre patience après avoir bu quelques verres, se perdre dans ses émotions et dépasser les bornes. Mais je ne l'avais jamais vu méchant comme ça.

— Excuse-moi de ne pas être une *fucking* ballerine!

— Pardon?

— Va chier! Je suis pas un petit chien savant qui danse sur commande quand tu lui montres un biscuit!

— C'est drôle, le soir de mon anniversaire, tu dansais comme un dieu, comme si y avait personne autour.

— C'était une mise en scène, Jean-Marc, c'est différent! J'suis pas capable de faire ça, j'suis pas capable de faire ce que tu me demandes.

— Mais regarde-toi, bordel! T'es tout crispé, t'es pogné par en dedans! Laisse-toi aller, Émile, perds-toi un peu. Tu rationalises tellement tout derrière tes apparences de gamin arrogant que t'oublies de te détendre. Arrête de te prendre au sérieux, un peu.

Mon manteau sur le dos, mon sac en bandoulière, je me suis retourné vers lui, les larmes aux yeux, regrettant de ne pas m'être sauvé en courant, ce matin-là, en voyant tous les gros dans la salle de répétition. En le défiant, j'ai déposé la clé de ses appartements sur la petite table à café.

— Tu te trouveras un autre gros à martyriser. Moi, c'est fini.

— Émile…

J'ai claqué la porte du loft et j'ai dévalé les marches, confus et bizarrement triste. Je m'en voulais de ne pas être à la hauteur. Au loin, j'ai entendu Jean-Marc crier mon nom.

L'odeur des premiers lilas en fleur a contourné le rideau et est venue faire valser les draps sous lesquels nous étions assoupis. Sur ma cuisse, je sentais le sexe encore humide de Joanna qui avait entouré ses jambes autour de moi. J'aimais ces matins où nous nous permettions de ne pas sortir du lit et de rester collés, fusionnés l'un à l'autre dans la chaleur de nos corps.

Je lui avais fait l'amour, lentement, en prenant le temps de savourer chaque instant, de goûter chaque pore de sa peau. Ça avait été plus fort que moi. Les premières lueurs du jour étaient venues me chatouiller les paupières et, dans la lumière bleutée du matin, je l'avais découverte à mes côtés, à peine couverte, ses deux seins invitants tombant de chaque côté de sa poitrine. Je m'étais perdu dans la blancheur de sa peau, dans le creux de son ventre rond, duveteux. Ses courbes étaient vraies et belles, sans artifices. Réconfortantes. Je ne me sentais pas complexé avec elle, elle acceptait ma grosseur comme une évidence et laissait ses mains caresser des endroits de mon corps que j'avais oubliés. Ce matin-là, j'avais exploré son corps sous toutes ses coutures, tous ses moindres recoins. Je l'avais réveillée doucement en caressant son mamelon du bout de mon doigt et je l'avais embrassée, tendrement. J'avais envie d'elle, de la sentir frémir sous mes caresses. J'avais besoin de la faire sentir belle et unique entre mes bras. J'avais besoin de m'oublier dans la douceur de ses poils roux et de vivre ce moment, pleinement, sans arrière-pensées.

Dans le silence parfait de l'appartement, la sonnerie du téléphone a retenti, agressante. *Don't answer*, qu'elle a marmonné, son visage perdu dans le creux de mon bras. Je me suis étiré et j'ai attrapé le combiné. J'espérais le retour d'appel de Cédrik à qui j'avais offert un *road trip* jusqu'à son chalet. Je voulais partir loin de la ville, me sauver et faire le point sur toute cette histoire avec Hudson. Changer d'air, changer le mal de place. Profiter des premiers rayons chauds du printemps.

— Émile ? C'est Sophie.

J'ai hésité entre raccrocher immédiatement ou lui faire accroire qu'elle appelait dans une pizzéria grecque. Mais, dans mon coma matinal, je me suis contenté de répondre :

— Oui ?

— Qu'est-ce que tu fais encore chez toi ? Jean-Marc t'attend à l'aéroport, y est mort d'inquiétude.

— Quoi ?

Je me suis remémoré les derniers jours dans ma tête pour m'assurer que dans mes beuveries je n'avais pas fait quelque chose de regrettable, que je ne l'avais pas appelé, que je n'avais pas renoué avec lui. Rien. Je lui avais remis sa clé et je l'avais quitté, pour de bon. J'avais été clair, le geste avait été clair, irrévocable. N'avait-il rien compris ?

— Écoute, Sophie, je sais pas ce qu'il t'a dit, mais j'travaille plus pour lui depuis jeudi dernier.

— Non, non. Tu ne comprends pas, j'pense. Ton vol part dans deux heures. J'ai envoyé une voiture te chercher, elle devrait être là dans quinze minutes. Tu verras ça avec Jean-Marc rendu là.

— Non, écoute…

Elle avait déjà raccroché.

Sacrament.

J'ai flanqué mon sac en dessous du banc et je me suis assis, encore agacé. Je n'avais jamais voyagé en première classe, j'aurais dû être excité, heureux, déjà soûl. Mais je voulais lui faire payer, je voulais qu'il sache à quel point c'était inconcevable et inadmissible, ce qu'il venait de faire. J'ai croisé les bras, impatient, et j'ai fixé le vide, n'importe quoi pour éviter son regard. Et il me regardait. J'aurais pu sentir ses yeux sur moi n'importe où, ils étaient comme des mains baladeuses.

— Émile, je m'excuse, tu vas tout de même pas bouder comme ça pendant une semaine ? L'autre soir, j'avais bu, j'ai dépassé les bornes, je sais. On va pas se laisser tomber pour une petite engueulade, non ? Tu es mon homme de compagnie. Tu n'allais quand même pas me laisser partir au Mexique tout seul.

Une scène. La folle envie de lui faire une scène, là, dans l'avion, devant toute la première classe. Je me suis retenu par orgueil, par amour-propre. De quoi aurais-je eu l'air ?

— Une semaine, Jean-Marc. Après, on verra.

Il a semblé satisfait par ma réponse et n'a plus insisté. L'avion a décollé et en quelques minutes, je me suis senti loin. La pression constante de la ville, son énergie pesante a quitté mes épaules et j'ai respiré mieux, à mille lieues dans les airs, au-dessus des nuages. J'ai enfilé mes verres fumés, mes écouteurs, et je me suis évadé dans le rock assourdissant qui en sortait.

Dans quelques heures, j'allais être au Mexique, près de la mer, avec aucun autre souci que celui de boire et de fêter. Autant en profiter.

L'hôtel dans lequel nous logions baignait dans le luxe et le paraître. Le contraste avec ce que j'avais vu sur la route était non seulement saisissant, il était quasi intolérable. J'avais vu la pauvreté, des paysans vendant leur viande avariée sur le bord des routes sinueuses, la décrépitude des petites maisons de tôle. Ils avaient l'air heureux, certes, mais j'avais du mal à imaginer que, si près de ce monde-là, existait un hôtel d'un tel luxe. Une démesure flagrante qui paraissait tout à fait normale aux visiteurs de l'endroit. Tout avait été pensé, repensé et construit pour faire croire au paradis terrestre : de l'immense piscine avec vue sur l'océan jusqu'aux palmiers, symétriques, parfaits. L'illusion était impeccable.

Après quelques heures, quelques verres, j'avais accepté le mirage. En regardant le soleil disparaître sur l'océan du balcon de ma suite, un verre de tequila à la main, j'avais décidé d'oublier, de me perdre dans le rêve latin qu'on me vendait. Bien à l'aise dans les vêtements de lin que j'avais fait monter de la boutique de l'hôtel, mes sandales de cuir, mes verres fumés, je me suis senti beau et riche. Meilleur. Ce paradis m'appartenait. Je suis descendu rejoindre Jean-Marc au piano-bar. La brise chaude du crépuscule embaumait l'endroit. Partout, les gens étaient beaux, les couleurs étaient chaudes, les arômes divins. Pendant que le vieil homme pianotait *Adios muchachos* sur son piano à queue, je me suis dirigé vers le bar où Hudson admirait le spectacle du soleil couchant, l'air perdu, plus vieux que jamais. J'aurais voulu être entouré de belles femmes, de nymphettes admiratives. J'aurais voulu être entouré d'amis, d'amantes, de proches. Je n'avais que Jean-Marc. Loin de tout ce que je connaissais, je me retrouvais de nouveau seul avec cet homme. Il était devenu ma réalité, mon coussin de sûreté. Je n'avais personne d'autre. Quelque part dans les effluves de l'alcool, j'ai décidé d'accepter mon sort et de vivre pleinement sur le nuage où je venais d'atterrir. Il y avait à n'en pas douter pire que lui. Je me suis commandé une margarita, double dose. Un immense verre de jus alcoolisé, orné de fruits et de sucre.

— C'est d'une beauté à toute épreuve, tu ne trouves pas?

Il avait l'air heureux et serein.

— C'est grandiose, Jean-Marc. Merci pour ce voyage.

J'ai bu à sa santé, à ses dépens. Personne ici ne me jugerait. Dans ce pays, la richesse était déifiée. Je pouvais être qui je voulais, m'inventer toutes les vies que je voulais. J'étais à l'abri, malgré mes kilos, malgré ma laideur. Ici, j'étais beau. J'étais envié.

— Je voudrais ne jamais avoir à partir d'ici.

— Moi non plus, Émile. Moi non plus.

J'ai mis du gel dans mes cheveux, un peu, juste pour dégager mon visage, pour les humidifier. Le sel de la mer, le sable et l'eau dure avaient eu un effet dévastateur sur mes cheveux et, pâlis au soleil, ils avaient adopté une teinte rousse qui me déplaisait. Devant le miroir, j'ai tourné, d'un côté, de l'autre, en contractant mes abdominaux, tentant de me trouver un joli profil. Sur ma peau brunie, mon débardeur noir semblait épouser mon corps et lui donner des allures minces. J'étais toujours gros, mais dans le brouillard de l'alcool, j'ai réussi à me trouver beau. Je me suis fait un regard complice, nerveux et excité.

J'ai enfilé mes nouvelles baskets et je me suis allumé une cigarette en me servant un autre verre de tequila, dansant sur des rythmes imaginaires. Jean-Marc ronflait à faire décoller la tapisserie, emmitouflé dans le couvre-lit en polyester de l'hôtel. Je l'avais achevé à coup de doubles doses de l'alcool ambré. Il n'avait rien vu. Il s'était follement amusé. J'étais maintenant libre, libéré. J'ai calé le verre. Jamais alcool n'avait été aussi divin, rien à voir avec la merde blanche qu'on m'avait servie jadis dans les bars de la ville. Cet alcool-là était subtil et délicieux, comme un scotch bien vieilli. J'ai ouvert le coffre et je me suis rempli les poches. Ce soir-là, loin de tous mes repères, je m'oubliais et je devenais une bête de club.

Dans le hall de l'hôtel, j'ai rejoint Matt et Reed, les deux Américains que j'avais rencontrés plus tôt à la piscine, et avec qui j'avais partagé quelques verres et quelques blagues salées avant que Jean-Marc vienne me réclamer.

— *Your dad looks pissed off, you better go. Meet us in the lobby later, we're gonna hit the town.*

Comme un poison, l'idée de frapper la ville de plein fouet s'était répandue en moi, et j'avais passé le reste de la soirée à trouver un moyen de m'éclipser. J'avais besoin d'être autre chose que l'homme de compagnie de Jean-Marc Hudson, besoin de m'évader de son emprise et de vivre le Mexique, le vrai, avec du vrai monde. Me sentir en vie. C'était plus que nécessaire. C'était une question de vie ou de mort. J'étais possédé par le désir brûlant de me frotter au danger, à l'inconnu.

Dans l'étreinte amicale de Matt et Reed, j'ai aussitôt ressenti de la complicité, comme si je les avais toujours connus. Le genre d'ivresse que je retrouvais avec Cédrik. Ils étaient déjà dans un état bien second, ayant pris soin de s'avancer dans l'enivrement gratuit du bar de l'hôtel. Tous les trois, tassés sur la banquette arrière du vieux taxi mexicain, au son de la bachata que diffusaient les haut-parleurs, la vie nous appartenait. Nous étions trois adolescents, la vie devant nous, arrogants, énervés et exaltés. Le fond de l'air était chaud, enivrant. Matt a sorti sa tête par la fenêtre et a lancé un grand cri de victoire. Pour la première fois depuis des années, je me suis senti à la bonne place, au bon moment. Une sensation de grand bonheur, comme de l'héroïne.

Le Mexicain géant qui faisait figure de portier semblait à bout de nerfs devant la longue file qui s'étalait devant lui, à perte de vue. Des filles, jeunes et bonnes comme des fruits mûrs, dévoilant leurs plus beaux attraits. Des mecs avec des corps de dieux, des corps de surfeurs, dans leurs camisoles trop moulantes. La basse qui venait de l'intérieur faisait vibrer le béton encore brûlant de sa journée passée au soleil. Reed m'a glissé subtilement quelque chose dans la main.

— *What is it ?* que je lui ai demandé.

Il m'a pris par l'épaule, souriant.

— *That, my friend, is fun in a pill.*

Il a envoyé le cachet dans sa bouche, suivi de Matt. J'ai regardé la petite pilule rose dans le creux de ma main et, sans hésiter, je l'ai avalée. Plus rien ne pouvait m'atteindre. Je ressentais une adrénaline inconnue, comme si tout était à ma portée, une arrogance aveugle. J'ai sorti quelques billets de cent dollars américains que j'ai discrètement montrés à l'énorme Mexicain à la porte, sous les yeux ébahis de deux *chiquetas* impatientes en file. Il m'a regardé, suspicieux, et un grand sourire s'est dessiné sur son visage. Je ne connaissais rien à l'endroit, mais je savais que dans ce genre de pays, l'argent ouvrait toutes les portes, même les plus obscures. Il a décroché le cordon qui bloquait l'entrée et j'ai laissé mes deux complices passer devant moi. Je lui ai serré la main en lui glissant les billets.

— *Gracias, my friend !*

— *¡ Diviertete !*

L'endroit était immense, spectaculaire. Ce qui m'avait d'abord paru comme un club normal de l'extérieur s'ouvrait directement sur l'extérieur. Au-dessus du tourbillon des projecteurs colorés, les étoiles brillaient librement et le ciel s'étendait à perte de vue jusqu'à se fondre dans l'océan noir. L'immense piste de danse allait rejoindre la plage sur laquelle une armée de filles et de garçons en maillot de bain jonglait avec le feu, en transe, au rythme de la musique qui semblait venir directement du plancher. Au milieu des fontaines et des palmiers, nous avons trouvé un coin de bar inoccupé et j'ai demandé à la jolie serveuse, dans le pire espagnol du monde, de m'apporter une bouteille de tequila et trois boissons énergisantes. Du monde partout, dans tous les coins, les uns par-dessus les autres, vibrant au même diapason. L'énergie était électrisante et, entre deux shooters, j'ai commencé à ressentir l'effet de la drogue monter en moi, comme un chatouillement timide. Je l'ai senti grimper de mon entrejambe jusqu'à me posséder totalement, comme une aura de plaisir ineffable. Ma vue s'est voilée de lumière, comme si je venais d'atteindre le nirvana suprême. Chaque couleur, chaque saveur, chaque contact se sont multipliés devant moi, envoyant des électrochocs divins le long de ma colonne vertébrale.

J'ai perdu tout contrôle et, aveuglément, j'ai laissé la drogue dicter mes gestes. J'avais décidé de lui faire confiance et de la laisser me guider. J'ai calé ma boisson énergisante en regardant mes deux amis américains s'époumoner devant l'effet hallucinant de leur cachet de bonheur, leurs pupilles si dilatées qu'il ne restait que deux grands points noirs dans leur regard. Si j'avais l'air de ça, je venais de me foutre dans un sale pétrin. J'ai regardé le fond de la bouteille de tequila que je venais de terminer. Depuis combien de temps étais-je là ? Tout semblait à l'envers et j'avais perdu la notion du temps. Je n'aurais pas pu affirmer où commençaient le sol et le ciel. Tout était uni dans la même bulle et, sans que je m'en aperçoive, le rythme de la musique a envahi mes jambes. Puis tout mon corps.

Je me suis senti happé par la foule, comme si un câble invisible attaché à mes côtes me tirait vers elle. J'ai vu Matt et Reed s'éloigner, accotés au bar, me regardant en riant. Et je me suis perdu dans le beat, dans la basse soûlante de la musique. Je la ressentais pénétrer en moi et mouvoir mon corps, envelopper toutes mes cellules. En fermant les yeux, je ne faisais plus qu'un avec la musique. Mon enveloppe corporelle n'existait plus. Je n'étais ni gros ni mince. Je n'étais que de l'énergie pure.

Je dansais.

Une vraie danse, celle qui te saisit et qui te possède, qui te dénature. Chaque son, chaque instrument, chaque rythme correspondaient à un membre de mon corps, et ensemble ils bougeaient en parfaite harmonie. L'extase. Le vide. Le véritable vide. Comme si la musique était un grand trou noir qui m'aspirait et je tourbillonnais dans son ventre, perdu dans le néant du rythme démoniaque qui venait frapper mon être. J'ai dansé, inlassablement, trempé de sueur, la mienne et celle de tous les autres autour de moi. Plus je dansais, plus je recevais l'énergie des autres comme un cadeau, comme une contagion. Nous sautions, à l'unisson, comme si nous ne formions qu'une seule et même cellule. Une tribu en transe, hantée par le même démon. Interdépendants dans le reggaeton infernal qui martelait nos oreilles. Une orgie de chairs, unies dans le laisser-aller de la musique. Je ne comprenais rien de ce que le chanteur pouvait bien débiter, mais j'avais l'impression qu'il pouvait lire dans mes pensées, qu'il criait tout le plaisir qui émanait de mon thorax.

Je n'étais plus rien. J'étais tout. Du sexe, à l'état brut, un instinct animal qui dévorait mes hanches. Autour de moi, les corps étrangers se frottaient à moi avec une sensualité désarmante. Je ne savais plus quelle main appartenait à qui, quel corps je caressais. La transe était complète, céleste. Perdu dans les étoiles tournoyantes au-dessus de moi, je me suis oublié complètement, je n'ai pensé à rien d'autre. Seule l'extase comptait. Homme, femme, plus rien de tout cela n'avait d'importance. Tout était futile. Il n'y avait que mon plaisir, que des lèvres sur les miennes. Dans le chaos ambiant, je faisais l'amour invisible aux couleurs des autres. Ce devait être ça, l'état de grâce. Je goûtais à la liberté. J'étais libre, jusqu'au bout des doigts, désorientés et en parfaite harmonie avec chaque parcelle de mon corps. J'aurais voulu que ça ne s'arrête jamais. Une chanson après l'autre, je redoublais d'ardeur, à bout de souffle, invincible. Comme si ma vie en dépendait, je dansais avec urgence, tantôt avec l'un, tantôt avec l'autre. Les filles les plus belles, les plus pulpeuses, dos à moi, leur main agrippant mes cheveux, mon sexe se lovant contre leurs fesses se balançant comme un métronome. Les mecs, reluisants de sueur et agressifs, dansant comme on se bat, complices dans le rythme. Je n'avais plus de repères. Plus de préférences. J'étais l'un d'eux, point. Quelque part, au loin, j'ai cru voir Matt grimper sur un haut-parleur et se jeter dans la foule. Je l'ai vu surfer sur la vague des mains dans les airs, hurler sa jouissance de flotter au-dessus de la fourmilière dansante. Nos yeux se sont croisés dans le stroboscope des projecteurs et nous nous sommes compris, sans rien dire. Je ne savais pas ce que j'avais ingéré, mais ça nous connectait d'une manière inexplicable.

J'ai tout pris en moi, tout reçu l'ampleur de ce que je vivais comme une vérité absolue, une illumination. J'ai fini par émerger sur la plage, face à la mer. Je me suis écroulé sur le sable frais, épuisé, mais incapable de chasser le beat de mes muscles. Ils continuaient de se contracter à chaque coup de basse. Je n'ai pas su si je pleurais ou si je riais. Dans le fond de mon esprit, j'aurais voulu que Joanna soit là. Morgane. J'aurais voulu que Morgane soit là. Ou Cédrik. N'importe qui pour pouvoir partager ce délire, pour ne pas être seul à être hanté à jamais par cette sensation énorme de bien-être. C'était plus gros que moi. Sous le poids de mon corps, j'ai senti la Terre tourner plus vite. Reed a surgi de nulle part en me criant que j'étais son frère, qu'il vivait la soirée de sa vie. Il m'a tendu une bouteille à laquelle je me suis abreuvé comme si je n'avais jamais bu, assoiffé. Puis, dans la fumée de la marijuana, j'ai trouvé le courage de me relever.

Quelque part sur la piste de danse, entre deux coups de hanches, mon esprit a quitté mon corps, et à partir de ce moment-là, le vide. La drogue, l'alcool, la danse ont pris le dessus et mon cerveau a arrêté de recevoir les signaux.

Le néant.

Ma tête. Ma tête allait exploser. Mes paupières pesaient des tonnes, j'ai à peine pu entrouvrir les yeux. Chaque parcelle de lumière redoublait la douleur qui menaçait de fendre mon crâne en deux. Tous les os de mon squelette semblaient s'être fracturés, je pouvais à peine bouger. J'ai repris possession de mon corps, tranquillement, une éternité à essayer de reprendre connaissance, de sortir du brouillard. Au fond de ma bouche, je pouvais goûter les effluves de la tequila se mêler à l'arrière-goût âcre de la vomissure. Combattre. Je devais combattre la nausée et les éclairs qui attaquaient mon cerveau endolori.

J'ai réussi à me redresser et à regarder autour de moi. Aucun repère, aucune idée de la façon dont je m'étais retrouvé là. Aucun souvenir. J'ai tenté de me remémorer ma soirée, mais ça n'a fait qu'empirer la migraine. Plus je cherchais, plus j'avais mal au cœur. J'étais assis sur un grand divan blanc, face à une immense baie vitrée. À l'extérieur, le soleil était déjà haut dans le ciel et faisait danser ses rayons sur la mer en millions de diamants insupportables à regarder. Sur la table basse, j'ai attrapé une énorme paire de lunettes de soleil rouges que j'ai mises devant mes yeux. La lumière est devenue plus tolérable. Sur un lit, plus loin, j'ai vu quelques corps inanimés, à moitié nus. J'ai touché mon corps avec mes mains, trop las pour jeter un coup d'œil, pour m'assurer que j'avais toujours mes vêtements. Par miracle, au fond de mes poches j'avais toujours quelques billets et un paquet de cigarettes si minces, que celle que j'en sortis avait perdu la moitié de sa circonférence habituelle. J'ai réussi à me lever et, péniblement, je suis sorti sur la terrasse en allumant le tube de tabac difforme. Le bruit des vagues a fait surgir des flashs de ma soirée, comme des images stroboscopiques, des bouts d'instants dénués de sens. Des visages, des émotions, des impressions de quelque chose qui s'était peut-être passé. Tout était flou.

J'ai fixé l'écume de la mer se fondant sur la place, incapable de me représenter où étaient le sud et le nord. Où était la ville ? Où était Matt ? Reed ? Jean-Marc. Je l'ai imaginé errer dans l'hôtel à ma recherche, il devait être furieux. Avec un peu de chance, il dormait toujours d'un sommeil alcoolisé. À son âge... J'ai entendu des pas derrière moi, une présence. Quand je me suis retourné se tenait devant moi une *latina* élancée ne portant qu'un petit short blanc et un haut de bikini bleu. Les yeux à moitié ouverts, une main dans ses cheveux frisés en broussaille, elle s'est accotée sur le bord de la porte patio, visiblement dans le même état second que moi.

— ¿*Emilio, que para bla bla segua donde la balgua rara ga, si ?*

C'est comme ça que ça a sonné dans ma tête. Mon cerveau a refusé tout espagnol, même le plus basique. Je l'ai regardée en fronçant les sourcils, incapable de décoder ce qu'elle venait de me dire ni même de savoir si je la connaissais.

— *What ?*

— ¿ *Que para bla bla segua donde la balgua rara ga, si ?*

Elle était aussi confuse que moi, apparemment. Je suis resté là, immobile à la regarder attendre une réponse. Dans le doute, j'ai acquiescé.

— OK.

Elle a semblé satisfaite et a fait demi-tour. Je l'ai vue s'écrouler sur le lit. Encore aujourd'hui, je n'ai jamais su ce qu'elle avait bien pu dire, ni qui elle était. C'était sans importance de toute manière. Je ne voulais qu'une seule chose : retrouver le lit de mon hôtel et sombrer dans un profond sommeil réparateur, arrêter de me sentir comme si quelqu'un avait passé la nuit à me battre à coups de *crowbar*.

J'ai contourné la villa et je me suis retrouvé au milieu de nulle part sur une grande avenue parsemée d'autres villas, toutes semblables. J'ai marché, de toutes mes forces. Je me suis trouvé con de ne pas avoir insisté auprès de la jeune femme. J'aurais pu au moins boire un verre d'eau, appeler un taxi. Mais je ne réfléchissais pas clairement. Il y avait encore trop d'alcool dans mes veines. Je pouvais encore entendre la basse de la musique de la veille avec chaque battement de mon cœur, c'était intolérable.

J'ai fini par atteindre la route principale et je suis resté planté là, incapable de faire un pas de plus. Au bout d'un moment, la providence a mis un taxi sur la route à l'arrière duquel je me suis effondré, à moitié mort. Je lui ai donné le nom de l'hôtel et il m'a regardé bizarrement, comme si je venais de lui demander de m'emmener à Walt Disney World. Je lui ai montré quelques billets. Il les a attrapés au vol, les a comptés et a démarré le moteur. J'ai regardé les paysages mornes défiler à toute allure sur le rebord de la route, la pauvreté, les champs désertiques, la tête lourde sur le bord de la fenêtre. Au bout d'une demi-heure, la voiture s'est arrêtée, et le chauffeur m'a crié quelque chose dans le même espagnol incompréhensible que la fille de la villa. J'ai ouvert la portière et je suis entré dans l'hôtel, dans l'air froid du hall, en remerciant le ciel de m'avoir conduit à bon port.

J'ai regardé l'horloge au-dessus du comptoir d'accueil et j'ai sursauté. Il devait y avoir une erreur. Selon les aiguilles, il était quatorze heures. Non seulement je n'étais pas rentré la veille, mais en plus, j'avais manqué la moitié de la journée. Jean-Marc. Je devais trouver Jean-Marc.

— *Sir, sir! Mr. Hudson is looking for you. Come come.*

Un petit Mexicain, dont je ne me rappelais plus le nom, est arrivé en courant, paniqué. Je l'ai suivi en traînant derrière lui. Il allait trop vite, je n'avais pas la force de courir. J'étais déshydraté, brisé. J'ai cru que j'allais m'évanouir sur le ciment de la véranda. Quand je l'ai vu, l'air maladif, furieux, amaigri dans son costume de touriste, j'ai senti la culpabilité monter en moi.

— Émile! Mais où est-ce que t'étais, sacrament?

Sans trop savoir pourquoi ni comment, je me suis précipité sur lui et je l'ai pris dans mes bras, je me suis agrippé à lui comme à une bouée de sauvetage. Il m'a rendu mon étreinte, et je me suis mis à pleurer, comme un petit garçon qui retrouve son père après s'être perdu dans le centre commercial. Il a passé sa main dans mes cheveux et m'a caressé le dos, tendrement.

— Hé, hé, ça va, c'est correct, calme-toi.

J'étais pris de convulsions, les sanglots sortant de moi sans que je puisse les retenir. Puis, en prenant une grande inspiration, j'ai senti son eau de Cologne, forte, citronnée, et l'odeur s'est imprégnée dans ma gorge. Je l'ai repoussé et, en une seconde, j'étais à quatre pattes dans le buisson le plus proche, en train de vomir un mélange de tequila et de bile, en quantité surprenante. Jean-Marc a tendu un billet au petit valet pour le dérangement et m'a soutenu jusqu'à notre chambre. J'ai enlevé mon débardeur imbibé de vomi, mes shorts, mes souliers et je me suis laissé tomber, à moitié nu sur mon lit, pour retomber dans les ténèbres confortables du sommeil.

Je suis allé rejoindre Jean-Marc à notre table habituelle, celle sous l'immense pavillon près du piano. De là, nous avions une vue magnifique sur le coucher de soleil qui illuminait le ciel de roses et d'orangés, à couper le souffle. Il était assis seul, le regard perdu dans le paysage, avec sa chemise de lin blanche entrouverte et son chapeau de paille, le visage levé vers la brise chaude qui venait du large.

Je m'étais douché, longuement, recroquevillé sur la céramique froide de la douche. J'avais laissé l'eau chaude s'écouler sur ma peau à perpétuité, les yeux clos, hanté par les images de la veille. J'avais enfilé une petite veste de coton, moi qui avais en général toujours chaud. Le miroir m'avait renvoyé une sale gueule. Mon estomac était toujours fragile et chaque pas faisait résonner en moi l'écho de la tequila. Plus jamais, me suis-je dit, la tête lourde. Le retour à la réalité était brutal, sans merci. Je devais maintenant aller affronter la seule personne que je n'avais pas envie de voir. J'ai demandé au serveur de m'apporter un énorme café noir et un verre de cognac. Guérir l'alcool par l'alcool. Ce vieux remède avait toujours fonctionné sur moi, aussi écœurant pouvait-il être.

Le corps tordu, je me suis joint à Jean-Marc qui a continué de regarder l'horizon, comme si me regarder pouvait briser le paysage. Dans la douche, je m'étais préparé un beau discours dans lequel je me fondais en excuses et où je lui avouais toute ma reconnaissance de m'avoir emmené avec lui dans ce beau pays. Devant lui, j'ai flanché, comme toujours. Je n'arrivais pas à former les mots, les idées pour lui dire. Il était fermé et me paraissait trop grand, moi, trop petit. J'ai baissé la tête sur le café qu'on venait de poser devant moi et je l'ai bu tranquillement, laissant sa chaleur s'imprégner en moi.

— J'ai eu terriblement peur pour toi, tu sais. Terriblement. Je pouvais déjà imaginer la mer recracher ton cadavre ensanglanté sur la plage. Les pires scénarios.

— Je m'excuse. Je pensais pas que ça allait virer comme ça.

Il s'est retourné vers moi, me giflant du regard. Il était calme, parfaitement immobile, ses longues jambes maigres croisées, son drink à la main. Mais tout dans son regard bouillait, tremblait de fureur.

— T'as pas pensé une seconde à moi, avoue-le. T'as pas pensé pantoute. Si je t'ai emmené ici, c'était pour me tenir compagnie, c'est ta job. Pis toi, à la première occasion que t'as eue, tu m'as sacré là. T'es rien qu'un p'tit arrogant, tu sais ça, hein ?

J'ai avalé le cognac, d'un trait, sentant ma gorge se nouer, mon cœur se lever dans ma poitrine, combattre pour ne pas tout relâcher sur la table. La chaleur du liquide brunâtre a coulé le long de mon œsophage, détendant ma cage thoracique douloureuse. En une semaine, j'avais réussi à retrouver le plaisir de sa compagnie, à le voir comme un vieil ami. J'avais vu la bonté en lui. En un instant, il venait de se rabaisser au titre d'employeur.

— Je t'appartiens pas, Jean-Marc. T'as beau me payer, j'ai encore le droit de faire ce que je veux quand je *punche out*. Ça n'excuse pas l'heure à laquelle je suis revenu, c'est vrai, mais je me suis excusé, j'ai merdé… Qu'est-ce que tu veux de plus ?

Il a frappé sur la table avec la paume de sa main.

— J'veux que tu me respectes ! Je veux que t'arrêtes d'agir comme un adolescent gâté qui se révolte. Je veux que tu sois à mes côtés le soir quand je m'endors et le matin quand je me réveille. C'est trop te demander, ça ? Tant que je te paye, tu es à moi. Et je te paye bien, trop peut-être pour ce que tu vaux. Alors, pour le reste du voyage, tu ne me quitteras plus une seconde. Est-ce que c'est clair ?

J'ai observé les derniers rayons du soleil percer l'horizon avec une sérénité anormale. J'ai pris une gorgée du café chaud et j'ai éteint ma cigarette dans le cendrier en me levant.

— Si je suis ici, Jean-Marc, c'est de mon plein gré, de mon propre chef. T'as aucun pouvoir sur moi. Ça fait que, on va faire un *deal*, toi pis moi : tu me crisses patience avec tes discours moralisateurs. T'es pas mon père, encore moins mon chum. T'es juste chanceux que je sois encore là.

Je l'ai laissé seul avec le dernier mot et je me suis dirigé vers le bar lounge du côté de la piscine. En une journée, j'avais passé par la culpabilité, l'affection et l'envie folle de lui cracher au visage. Personne sauf Rebecca n'avait cet effet-là sur moi. Et j'avais fini par la rayer de ma vie. Je me suis commandé un énorme café, toujours, et j'ai regardé le match de foot sur l'écran, d'un œil indifférent, le fantôme du reggaeton dans les oreilles.

Joanna a replacé une mèche de mes cheveux derrière mon oreille, tendrement, comme le ferait une mère. Assise là, près de moi, elle sirotait son verre de vin rouge, belle et soucieuse. Elle a caressé le dos de ma main.

— Je te sens loin, ce soir.

Je l'étais. Et pourtant, je n'avais jamais été aussi proche d'elle. Mais quelque chose en moi se brisait et je n'arrivais pas à sortir de ma tête. Un sentiment oppressant m'obsédait depuis mon retour dans le printemps triomphant, un sentiment que je n'envisageais pas de chasser. Le retour était plus dur qu'anticipé. Sans que je réussisse à comprendre comment, j'étais toujours à la solde de Jean-Marc, qui, depuis notre altercation à l'hôtel, se montrait attentif et attentionné avec moi. *Je serai patient*, avait-il dit, *je t'attendrai. Ce que nous avons est plus fort que l'argent, c'est une connexion invisible qui nous rattache et je veux que nous allions au bout de notre histoire.* J'avais haussé les épaules, indifférent. Tout ça n'avait que peu d'importance, désormais. Il n'y avait plus que ce trou béant dans le fond de moi, un trou vers l'infini sur le bord duquel je me tenais, un pied dans le vide.

— *I know. I'm sorry.* J'pense que je suis fatigué.

Je n'étais pas fatigué. Au contraire, je venais de me réveiller pour de bon. Chaque fois que je fermais les yeux, je replongeais dans cette soirée-là, sur la piste de danse. J'étais incapable de ne pas y penser. Ça venait par vagues, comme des flashbacks incontrôlables. Ce soir-là avait posé devant moi une porte qui s'ouvrait sur deux chemins, aussi traîtres l'un que l'autre. Le premier chemin me menait vers le confort, vers un horizon sûr et rempli de bonnes intentions. Au bout, il y avait une vie paisible et rangée, loin des excès et des tentations douteuses. L'autre chemin était plus sinueux et parsemé d'endroits étranges et inconnus. Au bout de celui-là, la vie était plus difficile, mais j'y retrouvais la liberté absolue, une vie sur la corde raide, sans filet. Ce soir-là, inconsciemment, j'avais franchi la porte, et il m'était impossible de faire demi-tour. J'étais pris au piège devant ces deux voies, et le choix que je devais faire était déchirant.

J'étais bien dans mon moment présent, heureux dans ma routine. Joanna était devenue la compagne idéale et je passais le plus clair de mon temps avec elle dans le quotidien douillet d'une relation de couple normale. Le sexe était bon, fréquent et souvent innovateur. J'étais à l'aise financièrement, grâce à Jean-Marc, et, même en annulant mon contrat invisible avec lui, j'avais assez d'argent en banque pour survivre encore des mois. J'aurais pu écrire, me complaire dans la création et passer mes journées à me la couler douce. Le futur était rempli de matins tranquilles et de nuits torrides. C'est vers cette vie-là que je me dirigeais, aveuglément, avant le téléphone maudit de Sophie, avant le Mexique.

Jamais je n'aurais cru avoir besoin d'aller si loin pour comprendre, comme si j'avais vécu toute ma vie dans l'ignorance. Maintenant que j'étais face à la vérité, impossible pour moi de la nier. Quelque chose de moi était mort là-bas, avait quitté mon corps et s'était dissipé dans l'air. Je ne le retrouverais pas, je le savais. Je maudissais la pilule inconnue qui avait transgressé mes perceptions et qui avait planté le manque dans mon esprit. Chaque jour, chaque heure, ce manque grandissait en moi comme une vigne hors de contrôle. Plus qu'une absence, c'était un besoin, l'urgence de retrouver cette émotion qui m'avait envahi au rythme de la musique latine. Je voulais sentir de nouveau ce bonheur immense, ce bien-être total que j'avais ressenti en dansant. Je m'étais senti plus en vie et plus heureux pendant ces quelques heures-là, à danser et rire, que jamais. Jamais.

Le constat était terrible. J'avais passé à côté de ma vie. Il m'était inconcevable que j'aie pu vivre tout ce temps sans ressentir pareil abandon. Toutes les autres émotions passées semblaient inférieures, rien ne pouvait s'y comparer. Il fallait que ça change, que je recherche cet état-là et que j'en fasse ma drogue de prédilection, mon essence. Sinon, j'allais continuer de vivre dans un état végétatif, engourdi par la routine et le confort. Tout devait être repensé en conséquence. Tout devait se renouveler. Il ne me restait qu'à remettre ma vie sur les rails. Elle avait déraillé depuis si longtemps que j'avais fini par m'égarer et errer sans but.

— Va t'étendre un peu, *I'll clean up.*

Elle m'a souri, inquiète. Elle n'était pas aveugle, elle voyait bien que l'Émile qui était revenu du Mexique n'était pas tout à fait le même que celui qui l'avait quittée ce matin-là après lui avoir fait l'amour perdu dans ses yeux. Je remettais tout en question. Je suis allé m'allonger sur le canapé, la télé en sourdine, le bruit de la vaisselle dans l'évier de la cuisine. En me repassant le film de ma vie, j'arrivais soudainement à mettre le doigt sur toutes mes erreurs.

Difficile de dire à quel moment j'avais lâché prise sur mes ambitions. La jeunesse est traîtresse. J'étais passé à travers avec la désinvolture d'un immortel, persuadé d'aller quelque part, qu'on m'ouvrirait toutes les portes et que je n'aurais qu'à les franchir pour devenir quelqu'un. En m'enlisant dans l'arrogance de mon talent, j'avais fini par voir mes rêves s'éclipser en douce, les ignorant. Je préférais m'évader dans le reste de la vie, celle qui me semblait, alors, plus importante. Une carrière importe peu quand on aime et qu'on est aimé. Plus rien n'est nécessaire. J'avais fini par croire que les choses s'arrangeraient, se mettraient en place, naïf et niaiseux. Mon bonheur n'existait qu'en la présence de Rebecca, le reste n'existait pas.

Joanna m'a tiré du sommeil en effleurant mon visage du revers de la main, comme elle savait si bien le faire. Elle m'a traîné jusqu'à mon lit où elle m'a bordé, affectueusement en fredonnant un air que nous aimions. Elle était parfaite. Elle s'est allongée un moment près de moi, la tête au creux de mon cou.

— Je t'aime, qu'elle a murmuré.

Je n'ai pas répondu. J'ai fait semblant de dormir. Elle a déposé un baiser sur mon front et m'a abandonné à ma sieste.

— Tu as pleuré dans mes bras, Émile. Comme un enfant.

— Je sais.

— Qu'est-ce qui te rendait si triste?

J'ai haussé les épaules. En fixant l'immensité de la pièce vide, je me suis revu, épuisé, ce jour-là au Mexique. Jean-Marc, adossé au mur à côté de moi, m'a tendu la bouteille de vin. J'ai pris une gorgée au goulot, puis une autre, avant de la lui rendre. Nous étions posés par terre depuis plus d'une heure. Ce qui avait débuté comme une petite pause, histoire de reprendre nos esprits, avait fini par nous engloutir et nous en étions déjà à notre deuxième bouteille. Sur le plancher de béton, devant moi, une boîte de pizza était demeurée ouverte. Nous l'utilisions comme cendrier. L'obscurité avait envahi l'endroit, seule une petite lampe de bureau nous éclairait, plus loin, branchée dans un coin. J'ai allumé un joint.

— Le vide. Le vide m'a rendu triste. La culpabilité aussi.

— À cause de moi?

— Un peu. Je sais pas. Je m'en suis voulu d'avoir dépassé mes limites, d'avoir perdu la fin de ma soirée. J'ai dû vivre des moments de bonheur hallucinants dans ce néant-là. Ça m'écœurait de pas m'en souvenir. Ça m'écœurait que ce soit fini. Si j'ai pleuré, c'est parce que j'ai eu peur. J'ai eu peur d'être perdu dans le temps, dans un pays que je connaissais pas. J'ai eu peur de comment t'allais réagir, comment j'allais pouvoir te faire face après ça, t'expliquer. T'sais, tu te réveilles pis tu sais plus qui t'es, où t'es, depuis combien de temps que t'es là. Y avait trop de questions, c'était un trop-plein de questions dans ma tête... Pis y a le vide aussi. J'ai eu peur que ça s'en aille jamais, que je me sente toujours comme ça. J'ai eu peur de plus jamais ressentir ce que j'ai ressenti ce soir-là. C'est niaiseux, hein?

Jean-Marc m'a remis le joint, presque terminé, le regard fuyant. Au deuxième étage de la caserne, isolés du monde extérieur, le temps s'est suspendu pour nous. Il s'est rapproché de moi et m'a pris dans ses bras. J'ai laissé son étreinte me réchauffer, ce contact physique, si peu fréquent, comme l'accolade d'un bon père. Je me suis abandonné à son toucher, à sa chaleur humaine, et je me suis détendu, pour la première fois depuis des jours. J'étais passé au travers des heures, le dos courbé, la tête lourde, le cœur pesant une tonne, l'estomac sens dessus dessous.

— Ça me crisse à l'envers ce que tu m'dis, Émile. Je voudrais tellement que tu te voies comme je te vois.

— Comme tu me vois... Je comprendrai jamais.

— T'es beau, Émile. Je me rappelle la première fois que je t'ai vu, ton corps charnu, large et fier, recourbé sur toi-même. Ton arrogance, ta défiance. Mais dans tes yeux, y avait quelque chose de tout petit, de perdu, comme si ton âme prenait toute la place. Tu transcendais ton enveloppe corporelle, tu brillais, Émile. Oh! T'étais beau. Je t'ai tellement voulu ce jour-là. J'ai eu envie de te voler, d'aller plus loin que l'apparence. Je voulais savoir ce qui pouvait rendre un corps majestueux si fragile, si unique. T'es pas morbide, pas comme les autres. Tu portes ton obésité comme une cicatrice, comme si c'était le résultat d'années passées à accumuler les blessures. Y a quelque chose d'inexplicable chez toi, de presque féminin. Pis tu continues de marcher avec la grâce d'un petit gars, en ignorant ta condition. Tu frondes ton poids. T'avais beau porter un masque, ce soir-là, je t'ai reconnu immédiatement. Y avait juste toi. Ta démarche, ta souplesse, la façon que t'avais de danser, maladroit, timide, en colère. Tu m'as pitché ton corps en pleine face…

Je me suis levé en riant pour me diriger vers la grande fenêtre.

— T'es tellement gelé, toi !

— J'suis peut-être gelé, mais c'est vrai quand même. Comment peux-tu ne pas t'aimer à ce point-là ?

— Tu peux pas comprendre, Jean-Marc. Tu sais pas c'est quoi se regarder dans le miroir et pas se reconnaître. J'ai pas toujours été comme ça, j'ai déjà été beau. Se voir se faner sans pouvoir rien y faire, c'est pire que de naître laid. C'est comme un cancer. Tu luttes, tu luttes, mais ça continue de se propager pis tu te réveilles un matin, pis t'es mourant. Tu me trouves beau, mais tu vois rien. Tu le vois pas, toi, les efforts que ça me coûte juste pour attacher mes souliers. La honte de ne pas être capable de m'asseoir dans une chaise, parce que je rentre juste pas dedans. Comment un moment donné, t'es même pus capable de te torcher, parce que ton ventre est rendu tellement énorme que tu te rends même pus. Comment tu te réveilles toutes les heures, parce que dormir te coupe le souffle. Comment le monde te regarde, te juge, avec leurs osti d'airs de pitié de marde. C'est pas une question de s'aimer, Jean-Marc. C'est de la survie. Pis toi, tu me trouves beau ? *Fuck you.*

Le goût de pleurer. L'envie de traverser le verre et de sentir le vent fouetter mon visage dans ma descente vers la mort. Jean-Marc est arrivé derrière moi et a posé une main sur mon épaule, sans rien dire. J'ai essayé de ravaler les sanglots, mais le vin et la drogue avaient pris le dessus et étourdissaient mes pensées, les aspirant dans une spirale aux allures de dépression.

— Viens. Je te raccompagne chez toi.

Je suis resté seul un moment, dans le noir, à fixer la rue poussiéreuse, tentant de me refaire, de retrouver mon calme. Je détestais me sentir aussi désemparé devant lui. J'aurais voulu qu'il comprenne qu'on ne peut pas forcer la beauté. L'art a ses limites. Dans toutes ses œuvres de moi, je ne voyais que de la vulgarité, du sarcasme. Il pouvait bien s'extasier devant moi, il me payait pour ça. À sa manière, il ne faisait que cultiver mon mal-être. Chaque chèque signé de sa main était un clou de plus dans mon cercueil.

— Allô, maman, c'est moi.

— Émile? Câlisse, ça fait des semaines que j'essaye de te rejoindre. J'tais à veille d'envoyer la police chez vous!

— Je sais, je sais. J'm'excuse. J'ai été pas mal pris, j'travaille comme un fou, tu peux pas savoir, je suis pratiquement jamais chez nous.

— C'est la belle Rebecca qui te tient occupé comme ça?

— Ouais… Ben, entre le p'tit pis ma nouvelle job, mettons que mes journées sont assez occupées.

— Quand est-ce que tu nous les ramènes à maison? On a hâte de l'voir, c'te bébé-là!

— Je sais pas, maman. Bientôt. Heille, je travaille pour Jean-Marc Hudson, asteure.

— Qui ça?

— Hudson. Jean-Marc Hudson.

— Ah. Bon, ben, j'suis ben contente que tout aille bien. J'me disais aussi que j'm'inquiétais sûrement pour rien. Embrasse Rebecca de notre part. On a ben hâte d'la revoir.

— OK.

— OK. Bye là.

Le jour de mes seize ans, j'ai compris que je n'étais pas celui qui avait été anticipé. À l'âge où chaque garçon de ma génération rêvait de se faire remettre les clés d'une mobylette, mieux, d'une voiture, moi, je ne rêvais que de livres, de musique et d'électronique. Nous n'étions pas riches. Je savais que le luxe octroyé à mes camarades de classe ne me serait jamais accordé. Durant des semaines, j'avais indiqué nerveusement des articles à ma mère dans l'espoir qu'elle prendrait mentalement des notes.

Ce jour-là, alors que le mois de septembre tirait à sa fin, mes parents, devant toute la famille rassemblée, m'ont offert un vélo. Je me souviens encore de la déception, du sentiment horrible de devoir sourire et remercier mes parents. Rester poli. Mais du haut de mon adolescence crasse, je n'avais pas été capable de cacher ma déception. Non seulement il n'avait pas l'air d'être neuf, mais ce vélo-là ne me mènerait jamais nulle part : il s'agissait d'un vélo stationnaire. Un vélo d'exercice. Une horreur.

*Joyeux anniversaire, Émile !* La honte. Qu'avais-je bien pu faire à mes parents pour qu'ils me récompensent ainsi ? En fait, tout venait principalement de ma mère, je le savais. Mon père ne décidait rien dans ces occasions-là. Tout en ce cadeau criait maman. *Tu vas pouvoir te remettre à l'entraînement sans avoir à te déplacer au gym, n'est-ce pas fantastique ?* J'avais seize ans.

Le triste constat d'être hideux aux yeux de ma mère a été pire que tous les autres qui sont venus plus tard. Pour elle, j'étais un enfant malsain, gâté, qui mangeait trop, qui n'était pas digne de se montrer en public avec un corps pareil. Une déception. Pourtant, je n'étais pas encore obèse. J'étais dodu, grassouillet, en pleine croissance. Évidemment, je mangeais beaucoup. Je n'avais jamais été du type sportif, plutôt contemplatif, artiste. Je vivais déjà avec le complexe de ne pas me transformer en l'homme dont je rêvais secrètement, comme si mon corps refusait toute testostérone, il fallait en plus que ma propre mère me rabaisse au rang de créature inacceptable. J'arborais mon gros visage de bébé garçon avec la désinvolture de mon âge. Mes traits se masculinisaient, certes, mais en demeurant toujours un peu androgynes. Avec mes cheveux longs, on m'appelait mademoiselle la plupart du temps. J'étais mal dans ma peau. Ce jour-là, ma mère n'a fait que confirmer que j'avais raison de l'être. Je n'étais pas normal. Je n'étais pas beau. Je ne le serais pas tant que je serais gros.

À ses yeux il n'y avait que deux choses primordiales qu'il fallait posséder pour réussir dans la vie : la beauté ou la richesse. Je n'avais ni l'une ni l'autre. J'étais un échec. J'étais pourtant assez mignon pour que les filles commencent à me manifester de l'intérêt, mais j'étais beaucoup trop timide et prisonnier de mes complexes pour tenter quoi que ce soit. Je n'étais digne de l'admiration de personne. Ce vélo me le rappelait chaque fois que je pénétrais dans ma chambre. Elle m'avait gavé de ses valeurs basées sur l'apparence, le paraître. De toute manière, aucune fille n'arriverait à la hauteur de ce que ma mère souhaitait pour moi. Elle jugeait instantanément chaque fille que j'avais le malheur de lui présenter. Trop grosse, trop maigre, trop masculine, trop dévergondée, trop vulgaire, trop pauvre, mal habillée, mal élevée, malpropre. La seule qui ait jamais fait son bonheur fut Rebecca. C'était la bru par excellence, celle qui méritait de prendre soin de son petit bébé. Au final, elle n'a fait que me manipuler, elle aussi. J'étais facile à manipuler, et c'est par ma mère que j'en fus victime en premier.

Je n'ai pas touché à mon vélo d'exercice. J'ai refusé de m'y plier. Je n'allais plus au gym, non seulement parce que je ne voulais plus être exposé à la pression que les corps des autres exerçaient sur moi, mais surtout parce que je n'avais pas envie de ce genre de vie. J'avais décidé de ne pas passer mon existence prisonnier d'un complexe. Je ne céderais pas à la psychose imposée par ma mère. J'étais en santé, en pleine forme. Je ne serais jamais filiforme, mon ossature l'interdisait. Déjà, à seize ans, j'avais entamé le dur deuil d'un corps svelte, d'une beauté sans nom.

Mais il est une beauté beaucoup plus puissante, plus dangereuse encore que la beauté physique. C'est un pouvoir de séduction malsain qui peut envenimer quiconque en prend possession. Une beauté subtile, vertigineuse et captivante : l'argent. Une fois que la richesse vous enveloppe, la sensation d'invincibilité devient imbattable.

Rien ne m'avait préparé à une telle beauté.

J'ai lâché prise. Il n'y avait rien d'autre à faire. Une fois que j'ai compris que je n'avais plus rien à perdre, il a été plus facile de sauter dans le vide. J'avais déjà passé trop de temps sur le bord, hésitant à me laisser aller. Je devais arrêter de combattre, de me battre contre moi-même, contre mes impulsions. J'étais devant le néant. Jean-Marc m'ouvrait grand les bras et je ne faisais que le repousser. Pourtant, en regardant derrière moi, personne ne m'attendait. Je n'avais qu'à faire un petit pas, et à me laisser tomber. Dans ma tête, la chute serait salvatrice. Ce n'est qu'en m'oubliant que je réussirais à retrouver cette sensation sublime qui m'avait assailli là-bas, sur la piste de danse.

Je me suis fusionné à l'autre Émile, celui que je cultivais en secret, et nous n'avons fait qu'un. Il fallait que je me rende compte que je ne menais une double vie que pour me protéger, moi. À force de me dédoubler, je m'étais perdu au point de ne plus savoir laquelle de mes personnalités était la vraie. Je me suis donc incarné en celui que j'étais en fonçant dans le présent comme si je fonçais dans un mur en voiture, à toute vitesse. Le seul obstacle qui m'empêchait de vivre pleinement ma nouvelle vie prenait forme sous les traits de Joanna. Mais je ne pouvais me résoudre à tout lui dire. En la laissant dans l'ignorance, je gardais un pied dans ma vie normale d'autrefois, dans une réalité qui était parallèle et saine. Je craignais surtout qu'elle ne comprenne pas la véritable nature de ma relation avec Hudson, ce qu'il me faisait faire comme « tâches », son désir à mon endroit, la manière qu'il avait de me regarder... combien il me payait pour l'inspirer, pour subir.

C'était un poids sur mes épaules que je décidais de porter. En cet instant, ce n'était pas un problème, même si l'ombre d'une confession flottait en permanence au-dessus de nous. Je partagerais avec elle mon secret honteux en temps et lieu, la vie que je menais depuis des mois sans oser en glisser mot à qui que ce soit. Cédrik ne connaissait que la prémisse, il ne savait rien du reste, de la nudité, de la danse, de cet attachement qui me liait à Jean-Marc. Dans la vérité, il y avait trop de questions auxquelles je ne pouvais pas vraiment répondre, parce qu'elles n'avaient pas de réponses claires. Il y avait aussi le fait que j'appréhendais la clarté de ces réponses. En me gardant moi-même dans l'ignorance, je me forçais à ne pas penser, à vivre tout pleinement.

Je me suis plongé dans un bonheur intense, incomparable. Pour la première fois depuis Rebecca, je me retrouvais dans une vie de couple, dans une routine amoureuse confortable et réconfortante. Je retrouvais chaque jour, ou presque, Joanna, comme un chat retrouve son maître en ronronnant. Les choses étaient simples avec elle, les conversations semblaient inépuisables et chaque moment était nouveau. Je sentais bien qu'elle avait envie de mener plus loin notre histoire. Elle avait commencé tranquillement à me présenter à ses amies, à parler de moi à ses parents, à prévoir des vacances en amoureux. Même si, de mon côté, je ne lui avais jamais rien promis ni même avoué que je l'aimais, nous étions devenus une entité, un couple. C'était déstabilisant pour moi. N'ayant connu dans ma vie que des coups de foudre, des histoires d'amour déchirantes et passionnées, ma petite histoire avec Joanna m'apparaissait comme un subterfuge, comme si j'attendais le vrai, le grand amour. C'était plus fort que moi. Joanna n'avait rien de la femme de mes rêves, de celle avec qui j'avais envie de vieillir. Elle ne représentait aucun défi. Tout était facile avec elle, comme si elle me portait trop d'admiration. Elle pouvait rester des soirées de temps à m'écouter jouer de la guitare, lui chanter tous les vieux tubes que je connaissais par cœur. Elle ne demandait pas plus que ça. Ma présence lui suffisait.

Joanna était ma sécurité, mon amante, mon amie. Je n'avais pas envie de voir plus loin. Ça me convenait parfaitement et je jouais le jeu du petit ami avec une aisance surprenante. Cédrik continuait de me gronder, chaque fois que nous abordions le sujet.

«Émile, *man*, t'es pas correct. Plus tu restes avec elle, plus tu vas lui briser le cœur le moment venu. Pour un gars qui s'est fait niaiser pendant des années, t'es pas très compatissant.»

Il avait raison, évidemment, et je le détestais d'avoir raison.

Comme un mari qui a quelque chose à se faire pardonner, j'ai assailli Joanna de cadeaux, de bijoux et de sorties. J'avais maintenant les moyens d'acheter ce que je voulais, quand je voulais. C'était enivrant comme sensation. Je n'avais plus à me préoccuper du loyer, des comptes, ni même de l'épicerie. Je pouvais vivre dans la démesure en toute impunité. Plus rien n'était hors de ma portée. Je portais les plus beaux tissus, les plus beaux chapeaux, je buvais les meilleurs scotchs, les meilleurs champagnes, la meilleure eau. Avec Jean-Marc, je côtoyais désormais la crème de la ville, les gens les plus beaux, les plus excentriques, et je réussissais à m'y mêler avec un naturel désarmant. En quelques mois à peine, j'étais passé du stade de pur inconnu au stade de dandy aimé et adulé de tout un tas de gens dont je ne connaissais ni le nom ni la fonction, mais qui semblaient importants pour Hudson. Celui-ci me voyait éclore avec une fierté et un amour qui paraissaient inconditionnels. Il me disait souvent qu'il était ébahi par ma transformation. Son désir pour moi n'en était que décuplé. Il m'observait, les yeux humides, comme émerveillés par un diamant brut. Et plus il m'aimait, plus je me complaisais dans sa démesure. Notre pacte silencieux n'en était que plus solide.

J'avais désormais hâte de me retrouver en sa compagnie, de poser pour lui. Il avait perdu tout espoir de me voir danser, mais s'amusait à me déguiser, à me prendre en photo dans les poses les plus saugrenues. Il préparait, disait-il, la plus grandiose de ses œuvres, celle qu'il n'avait jamais eu le courage de réaliser avant. Je me laissais faire. Je lui avais simplement demandé de masquer mon visage le mieux possible. Même si je le savais entiché de mon corps, de mon apparence, même si je vivais mieux avec son attirance pour mon obésité, celle-ci me répugnait toujours autant. Mais j'arrivais à oublier la honte en sa présence. Son admiration était trop grande, trop belle. Avec lui, j'étais beau. J'étais quelqu'un.

L'été s'était installé sans que je m'en aperçoive et avait réveillé en moi, encore une fois, un nouvel Émile. Évidemment, la chaleur m'était toujours aussi insupportable, l'humidité encore plus. Je ne traînais plus seulement mon poids, il venait avec son lot de sueur et d'air irrespirable. Depuis quelques années, la saison estivale était un calvaire. Mes jambes se gonflaient d'eau, et marcher, ne serait-ce que quelques pas, devenait une tâche surhumaine. Le supplice de mon apparence n'en était que multiplié. Les formes que je cachais, durant l'hiver, habilement sous d'épaisses couches de vêtements se retrouvaient malgré moi exposées au grand jour. Au temps où les gens semblaient sortir de leurs coquilles et devenir beaux, pour moi, c'était le contraire. Les rues étaient bondées d'hommes, tous plus fascinants les uns que les autres. De grands minces en camisole, les tissus ajustés à leurs corps parfaits, arborant leurs bras musclés, soigneusement bronzés, comme des trophées. Des hommes aux mollets sublimes chevauchant leurs vélos avec la grâce d'Olympiens, leurs fesses sculptées dans des fringues à la mode. Certains d'entre eux, les plus jeunes surtout, éprouvaient un malin plaisir à se promener torse nu, comme à la plage, exhibant leur abdomen svelte, leur ventre plat, leur silhouette découpée, rectiligne, leurs muscles obliques se perdant délicatement sous l'élastique de leurs sous-vêtements griffés qu'ils laissaient entrevoir, comme des mannequins de magazines, des publicités ambulantes. Certains portaient leur pilosité avec fierté, d'autres déployaient leur peau glabre avec arrogance, comme des gamins. Ces hommes-là ne suaient pas comme moi. Sur eux, la moindre perle de sueur devenait érotique, masculine, virile. Moi, je traînais la sueur des obèses, celle qui brûle les tissus, qui imbibe les vêtements, qui apparaît dans les recoins insoupçonnés du corps.

L'été était cependant synonyme de perte de poids. À force d'effort physique, de sueur et de grande quantité d'eau, je semblais désenfler, ce qui me renvoyait, somme toute, une meilleure image de moi. Jamais au point de déambuler sur les plages dans mes plus simples atours, mais assez pour me permettre de bouger mieux.

Petit à petit, j'ai senti le regard des autres changer. Ils ne me regardaient plus de la même façon, comme si ma vue était désormais supportable. On m'accueillait avec politesse et courtoisie, où que j'aille. On m'ouvrait les portes avec élégance, on m'appelait monsieur, on m'offrait les meilleures tables. Je dégageais une aura de richesse qui m'était jusque-là inconnue et j'en retirais une jouissance coupable. Je savais bien que ces gens-là ne voyaient que mon argent, mais durant l'espace d'un petit instant, je me permettais de savourer l'acceptation. J'aurais voulu que ma mère puisse me voir dans toute ma splendeur, mais elle aurait posé trop de questions. Le nouvel Émile était bien cet été-là et, hanté par les fantômes du Mexique, j'ai eu envie de profiter de chaque instant, peu importe le prix.

Joanna bossait beaucoup. La saison estivale apportait son lot de touristes dans la ville et elle trimbalait son numéro burlesque aux quatre coins de la métropole. Elle avait également obtenu un petit rôle récurrent dans une série anglophone et passait le gros de son temps à courir entre le plateau de tournage et les salles de spectacles. Je trouvais quand même le moyen de l'attraper au vol la nuit venue et de la sortir. Je l'emmenais boire un verre sur une terrasse ou bien nous allions danser. Je prenais un plaisir fou à la traiter comme une reine et je voyais bien que ça lui plaisait. Je faisais tout en mon pouvoir pour la voir heureuse, pour qu'elle se sente unique. Elle méritait bien cela. Je savais qu'elle traînait aussi son lot de blessures amoureuses et je me projetais en elle. Tous les deux, nous avions la capacité de fuir tout ça, de vivre le moment présent avec une fougue naïve et salvatrice.

Me retrouver seul devenait un supplice. Je ne supportais plus la solitude, moi qui en avais fait mon habitude. Le silence me pesait et me renvoyait trop de noir à broyer. Alors je sortais par moi-même dans les clubs où je réussissais, à coups de tournées, à me faire quelques amis éphémères pour la soirée. J'arrivais même à supporter la présence de Jashan de temps à autre qui m'emmenait dans des endroits obscurs du village gai pour danser sur des musiques électroniques renversantes. Je n'aimais pas trop passer du temps avec les amis de Jean-Marc, de peur de trop m'immiscer dans son monde, dans son mode de vie, mais il s'agissait souvent des meilleures soirées. Je ne m'y sentais pas jugé, au contraire, j'avais l'impression d'y être à ma place. À ma grande surprise, j'avais un franc succès avec les hommes gais qui appréciaient ma manière de me perdre dans la musique. Peut-être était-ce aussi à cause des pilules que Jashan me fournissait lors de ces événements. Je les acceptais toujours avec désinvolture, mon cœur battant la chamade. J'aimais perdre le contrôle. Je n'y pouvais rien. J'avais l'impression de revivre une jeunesse qu'on m'avait refusée pendant toutes ces années. C'était plus fort que moi, plus fort que la raison. J'avais besoin de combler mon vide, de ressentir l'effet de la drogue sur moi, de me perdre dans un paradis, aussi artificiel fût-il. Du coup, je chassais tous mes démons et je me laissais aller aux papillons dans le creux de mon ventre, au chatouillement indescriptible qui se répandait dans mon corps, sous ma peau, comme un orgasme. Le plaisir de l'abandon. Je relâchais tout. Je fermais les yeux. Et je dansais, sans soucis, avec violence.

Le hip-hop hallucinant, la basse agressive. La musique me violait, pénétrait mon corps. Je ressentais chaque rythme, chaque coup, chaque son au centuple. À travers mes paupières, chaque instrument prenait vie dans un défilé de couleurs d'un autre monde, qui se métamorphosaient en prismes sans nom. J'étais parcouru de chocs, de l'énergie pure qui prenait possession de mes membres. Je n'existais plus. Je faisais un avec les mélodies. Les synthétiseurs me transportaient comme des vagues, je me noyais dans leurs battements. L'impression vertigineuse qu'un orchestre se jouait de moi comme d'un clavier. Mon corps n'était plus un obstacle. Il était devenu l'esclave de la rythmique, mon outil d'évasion.

Danser. Jusqu'à en perdre le souffle. Jusqu'à ne plus rien sentir, ni mon corps, ni mon cœur, ni ma tête. Danser jusqu'à ne plus distinguer la réalité du rêve. Voyager à travers les secondes à une vitesse surnaturelle comme si toutes les dimensions possibles m'apparaissaient. Atteindre l'astral au son de la pop, de la musique électronique qui percutait mon cerveau. C'était l'échappatoire par excellence, un mode de survie à la solitude. Je rentrais chez moi, épuisé, heureux et un peu coupable de me laisser prendre au jeu.

Joanna désapprouvait ma consommation, non seulement de drogues, mais aussi d'alcool. Elle trouvait que je m'y adonnais comme un adolescent révolté. C'était peut-être le cas. C'est comme ça que je me sentais. Je ne savais ni à qui, ni à quoi je m'opposais, mais l'impression d'enfreindre les règles, les normes me procurait un équilibre qui me réjouissait. J'avais passé trop de temps à être politiquement correct, à être prisonnier d'un Émile qui ne me ressemblait pas. Ma mère s'en était assurée en me bourrant le crâne de bonnes intentions et de buts irréalisables. À trente-deux ans, je vivais enfin ma crise d'adolescence en catimini, la nuit. Le jour, je revenais à moi-même, serein et satisfait.

« Il y a quelque chose de terriblement féminin dans le corps des hommes gros. Comme si vos courbes, votre corpulence vous rendaient fragiles et accueillants. »

Je l'entendais sans vraiment l'écouter. Sa voix arrivait à mes oreilles, mais mon cerveau refusait d'assimiler ce qu'il disait. Je me contentais d'acquiescer, nonchalant. Nous nous étions installés sur le toit de son immeuble où était aménagée une terrasse sensationnelle. Il tentait de me peindre, encore. C'était d'un ennui. Allongé sur une chaise longue, je sentais le soleil brûler ma peau, la dorer. Chaque rayon caressait mon corps doucement, perlant ma peau de sueur. C'était divinement bon. Sous ma serviette, je tentais de cacher mon érection. Il aurait pu se sentir visé. Il n'en était rien. J'avais seulement avalé un autre cachet, pour annuler l'effet de celui de la veille. Mon corps était las, épuisé, mais la petite drogue avait effacé tout cela. Je me sentais d'attaque. *Fun in a pill*, avait dit Reed ce soir-là. C'était plus que du plaisir. Je n'avais plus de soucis. Je n'avais plus faim. La douleur avait disparu, le vide aussi. Je ne faisais qu'exister dans la joie et l'insouciance. Ça me procurait un bien fou. J'aurais voulu que Joanna soit là. Je l'aurais aimée, longtemps et bien. Je me sentais alpha. Puissant.

— As-tu maigri, toi ?

— Mmm. Non, je crois pas.

J'avais maigri. Un peu. Mais j'espérais qu'il ne s'en aperçoive pas. Je devais continuer de lui plaire et je craignais qu'il prenne ma perte de poids comme un bris de contrat.

Je n'arrivais pas à tenir en place. Mes pieds battaient le rythme imaginaire qui trônait dans ma tête. J'aurais voulu me lever et danser, là, sur le toit, sous la chaleur accablante du soleil. *Arrête de bouger*, me disait-il. Impossible. Même dans le chant des cigales, je trouvais quelque chose de mélodique, de fantasmant. J'avais envie qu'on me touche, de sentir mes courbes se confondre dans la chair de quelqu'un d'autre. Puis je regardais Jean-Marc, et il semblait illuminé par le jour. Mais je refusais de briser la barrière imaginaire que j'avais posée autour de lui. Il n'aurait pas compris, et jamais je n'aurais voulu qu'il interprète cela comme du désir. Je n'aurais pas dû prendre un autre cachet. Jashan me l'avait dit : *Fais attention avec ça, c'est pas des bonbons.*

— OK, ça suffit, j'ai besoin d'un break.

Il a levé les yeux au ciel pendant que je remettais mon short. Je me suis dirigé vers la table où je me suis ouvert une autre bière dans le seau à glace. En montant le son de la radio, j'ai mis mes lunettes de soleil, je me suis allumé une cigarette, incapable d'empêcher mes jambes de battre le rythme de la mauvaise musique estivale.

— Ciboire, Émile, t'es donc bien de bonne humeur aujourd'hui.

J'ai souri. Je n'avais pas envie de répondre à ça. Il n'y avait rien à répondre. Le temps était bon et je n'avais pas envie de me lancer dans une discussion trop rationnelle. J'avais envie de fêter, de célébrer l'été ainsi que ma nouvelle popularité.

160

— Tu pars quand pour la capitale ?

— Lundi probablement. L'expo ouvre juste mercredi soir, mais je veux être là pour les dernières préparations. Pourquoi ?

Je me suis dirigé vers lui, langoureux. Je m'amusais comme rarement je m'étais amusé avec lui. La journée était splendide, le ciel était plus bleu que d'habitude. Je lui ai tendu une bière en le forçant à se lever, à danser avec moi. Il a semblé gêné, désarçonné, comme s'il ne savait pas comment réagir à pareille avance.

— Emmène-moi avec toi.

— Où ça ?

— Là-bas. Emmène-moi. Je veux voir ce que tu vois. Je veux voir l'expo. Tu me laisses toujours tout seul, ici. Ça fait deux mois que tu travailles là-dessus. Laisse Sophie au bureau et emmène-moi à la place.

Je n'étais plus qu'à quelques centimètres de lui. Je pouvais sentir son haleine d'ail, l'odeur de sa sueur brûlant le tissu de son chandail. Je sentais son cœur battre à tout rompre de me savoir si proche. Et je continuais à tenir le rythme, de gauche à droite, racoleur. C'était plus fort que moi. Je le déstabilisais et j'adorais ça.

— Coudonc, qu'est-ce que t'as pris, toi ?

— *Come on*, Jean-Marc ! Il fait beau, je suis de bonne humeur. Envoye donc, emmène-moi. Je serai pas dérangeant, tu te rendras même pas compte que je suis là ! Je le sais que ça te tente...

J'ai cru voir une goutte de sueur apparaître le long de son front, une bosse se former sous son pantalon.

Ça fonctionnait.

« C'est un grand succès ! » criait-il, incapable de tenir en place sur la banquette arrière de la voiture. On aurait dit un enfant. « T'as vu leurs têtes, Émile ? T'as vu ça ? »

J'ai hoché la tête en m'efforçant de sourire. La nuit noire et épaisse entourait le véhicule, et je tentais de me concentrer sur la route déserte, éclairée uniquement par les phares. Le chemin était long, droit et pénible. Interminable. Au milieu du petit matin, je m'accrochais à la chaleur de mon café et au son du Motown que me faisait parvenir la radio pendant que Jean-Marc continuait de divaguer sur le vernissage duquel nous revenions.

Nous avions été accueillis en grande pompe dans la capitale. Le grand Jean-Marc Hudson était de la visite rare et sa venue avait été attendue et célébrée. En primeur mondiale, sa dernière exposition, *Morbid America*, venait de s'ouvrir au Musée national des arts contemporains devant une horde de journalistes, d'artistes et de gens d'affaires bien nantis. Au moment de retourner vers la ville, j'étais encore étourdi par les flashs et les cris. Ce jour-là, j'étais son chauffeur personnel, son garde du corps. C'est comme ça qu'il m'avait présenté. Je devais me tenir derrière lui, en tout temps, sans dire un mot. Pas de cocktails pour Émile, pas de présentations. De la discrétion. Du mutisme. De l'ignorance. Je devais faire semblant de ne pas me reconnaître partout, sur les tableaux. Et pourtant, c'était moi, c'était mon corps et mon temps.

Pour la pièce maîtresse de son expo, j'étais resté crucifié pendant des heures, presque nu, devant une grande toile verte, alors qu'il me photographiait sous tous mes angles. À un certain point, j'avais cru qu'il se moquait de moi. Mais le résultat, une fois passé maintes fois sous les pinceaux de son ordinateur, était choquant. Spectaculaire. Sur l'immense toile, je faisais figure de Christ obèse, mourant pour la surconsommation du monde. Mon visage avait été remplacé par un autre, mais c'était bel et bien moi. J'avais souffert pour ça. À mes pieds, on retrouvait une plantureuse Vierge Marie en train de se remplir la panse de burgers, une Marie-Madeleine aux allures pornographiques dans une position compromettante, se faisant photographier par une armée de légionnaires romains, portable à la main. L'image avait été truffée de références à des multinationales douteuses, de logos connus, déformés mais reconnaissables. Visuellement, l'esthétisme était à son comble. On aurait dit un panneau publicitaire. Ça choquait.

J'avais passé ma soirée à me mordre la lèvre inférieure, furieux. Là où les gens acclamaient l'audace et la beauté de la déchéance de notre société, je ne voyais que la laideur de mon corps. Morbide. Il m'avait rendu morbide. Il avait cristallisé mon obésité comme étant l'ultime image de la disproportion de l'Amérique. J'étais insulté. Humilié. Je n'avais rien vu de tout cela. Il ne m'avait pas montré ni fait approuver. J'avais été utilisé, violé, prostitué. Il s'était contenté de payer.

Je me suis revu, dans mon costume de Lincoln, assis sur une chaise trop grande, le regard dans le vide. Pas un instant, cette fois-là, je n'avais cru qu'il pourrait m'exploiter de la sorte. J'étais tellement drogué, enivré par les surdoses d'alcool qu'il me faisait ingérer, que j'avais obtempéré sans dire un mot. Et maintenant, toute la capitale allait pouvoir admirer mon corps avec dégoût et stupeur.

J'ai augmenté le volume de la radio. Je ne voulais plus l'entendre. Il était soûl, désagréable. J'aurais voulu crier, le battre, le rouer de coups jusqu'à ce qu'il s'écroule, mutilé et atrophié. Je me suis allumé une cigarette, malgré ses protestations. Il avait horreur que je fume en voiture. J'ai entrouvert la fenêtre, pour faire sortir la fumée, pour enterrer sa voix. Il a fini par comprendre et s'endormir.

Chaque fois. Chaque fois que je me laissais prendre à son jeu, que je baissais ma garde, il revenait en force derrière moi et me poignardait à coups de honte. Après le Mexique, j'avais commencé à croire que nous étions plus loin dans notre relation, plus proche. Je m'étais abandonné à l'intimité qu'il désirait tant.

Deux jours avant, en route pour la capitale, nous avions fait un arrêt pour manger un petit quelque chose, pour nous dégourdir les jambes et soulager notre vessie. Dans le brouillard matinal, je fumais une cigarette, assis sur un banc, pas très loin de la voiture, perdu dans les couleurs du paysage, de la nature foisonnante. Jean-Marc m'avait surpris en venant sournoisement se poser derrière moi. Il m'avait enlacé, entouré de ses bras, doucement, avec une tendresse que je ne lui permettais pas souvent. Pour la première fois depuis des mois, je n'avais pas eu le réflexe de le repousser, de sursauter, de crier de dégoût. Je m'étais laissé faire et j'avais même aimé ça. J'avais posé ma main sur la sienne et nous étions restés là, l'un contre l'autre, à regarder le paysage. Il avait posé un petit baiser sur ma tête et était retourné s'asseoir dans l'auto, sans rien dire. Je me permettais son affection. Je la lui renvoyais. Je m'étais transformé. Je n'avais plus peur de lui ni de son orientation. Tout cela était mort et enterré, quelque part sur une plage du Mexique, ramassé par la mer, perdu dans l'écume des vagues.

Au-delà de son désir sexuel, je retrouvais désormais une certaine sensualité dans nos séances, un érotisme vertigineux et malsain. Un interdit. Des frissons de plaisir couraient le long de ma colonne vertébrale quand je sentais son regard avide se poser sur mon corps dénudé. Je recevais ses approches comme des caresses invisibles. J'avais arrêté de me poser des questions. Je me laissais aller à mes sens, je les accueillais à bras ouverts, sans tabou. C'était vertigineux, un *buzz* incroyable, comme une drogue. Je me gelais de son regard.

J'ai regardé dans mon rétroviseur pour m'assurer qu'il dormait paisiblement. Sa bouche béante, son ronflement, le filet de bave qui lui coulait sur le menton. J'étais désormais seul sur la route. J'ai baissé le volume de la musique un peu, pour reposer ma tête, calmer mes esprits. J'ai fouillé dans mon sac sur le siège du passager, j'ai sorti un joint et, après avoir soigneusement baissé la fenêtre, j'ai pris une grande bouffée. En sentant la fumée âcre envahir mon œsophage, je me suis senti un peu mieux. Calme. Ailleurs.

Quand je suis rentré chez moi, le soleil commençait à illuminer le ciel. Nous avions roulé toute la nuit après que j'ai eu insisté pour rentrer immédiatement. J'étais fâché contre lui. Ça allait passer, j'en étais certain. Mais j'avais besoin qu'il sache que je n'approuvais pas ce qu'il venait de faire, que je lui en voulais. Le connaissant, il ne s'en rendrait compte que quelques jours plus tard.

Dans la lumière bleutée du matin, j'ai retrouvé Joanna sur mon lit. Je l'avais appelée de la capitale pour lui dire que je rentrerais le soir même. Elle m'avait dit qu'elle m'attendrait. Elle dormait, paisiblement, accroupie par-dessus les couvertures, portant un de ses costumes de scène affriolants. J'adorais quand elle me surprenait avec de la lingerie, personne n'avait jamais fait cela pour moi avant. Je me suis affalé par terre, le dos contre le mur froid et je l'ai observée dormir. Elle était belle, on aurait dit une sculpture. Une partie de moi avait envie de la réveiller doucement en faisant valser ma langue sur tous les recoins dénudés de son corps. L'autre partie préférait rester là à l'admirer. J'étais décontenancé. Que pouvait-elle bien voir en moi de si exceptionnel? Comment pouvait-on aimer pareille morbidité? Égoïstement, malgré moi, je rêvais de mieux que Joanna. Il devait certainement en être de même pour elle.

Silencieusement, j'ai enlevé mes vêtements et je me suis glissé dans le lit pour me lover contre elle. Elle a frissonné en saisissant la main que je venais de passer autour d'elle.

· — *I fell asleep while waiting for you.* Comment c'était, ton trip?

— C'était révélateur.

Elle s'est tournée péniblement pour me faire face, les yeux endormis. Elle a posé son front contre le mien et nos regards se sont entrelacés.

— *Are you okay?* qu'elle m'a demandé.

— *I am now.*

Il avait cette façon, ce don inouï de se faire pardonner, de me faire tout oublier. Rancunier de nature, avec lui, j'en étais incapable. Il savait se faire juste assez charmant, juste assez repentant pour me gagner à la première phrase. « Tu es fort, avait-il dit. Si tu me confrontais à mon corps comme je te confronte au tien, je ne pourrais pas tenir. Ça démontre une sagesse, une maturité exemplaire, Émile, et ça me fascine chez toi. » Que pouvais-je répondre à ça ?

Je devais m'avouer naïf d'avoir cru qu'il garderait ses clichés pour lui. Après tout, il n'avait fait aucune promesse. Je devais être sa muse, son modèle, son inspiration. De mon corps jaillissaient pour lui des idées, du génie. Pourquoi ? Aucune idée. De mes rondeurs, de mon gras, il tirait des chefs-d'œuvre et je ne pouvais que m'incliner devant ceux-ci. Je ne connaissais rien à l'art, mais je commençais à en avoir admiré assez pour savoir que ce qu'il produisait en ma présence était grandiose. Son enthousiasme était contagieux et, au milieu de la faible estime que j'avais de moi-même, je voyais jaillir un brin de fierté de me savoir aussi fertile sur le plan artistique. Un mélange de honte et de satisfaction. Je ne savais pas l'assumer, je n'en étais pas encore capable, mais un jour viendrait, je l'espérais, où je porterais un regard nostalgique sur ces tableaux, ces portraits en enviant ma jeunesse passée.

« Je voudrais que tu danses pour moi. Que tu te perdes pour moi. Pourquoi me le refuses-tu toujours ? »

Toujours. Sans arrêt. La même requête.

Je ne m'y étais jamais risqué de nouveau depuis le printemps, cette soirée où il avait pété les plombs. Pourtant, je dansais plus que jamais dans l'anonymat des foules, c'était devenu une nécessité. Au moins une fois par semaine, je devais me défouler, lâcher la bride à mon corps, ma situation, et me défoncer à coup de musique tonitruante jusqu'à ce que mes jambes m'abandonnent. Mais, devant lui, j'en étais incapable. Je m'y refusais. Quelque chose en moi se méfiait de sa demande. Plus il me demandait de m'exécuter, plus je me contractais, comme s'il y avait anguille sous roche. Son insistance cachait assurément un sombre dessein. Sans compter le fait que la résistance me procurait une sensation de pouvoir sur lui que j'aimais éprouver. Son désir pour moi n'en était que renforcé, ce qui me remplissait de plaisir.

— Je suis prêt à bien des choses pour toi, Jean-Marc. Mais la danse, c'est infiniment personnel et d'autant plus gênant.

— Justement. J'ai envie que tu me donnes ça, de saisir ton essence quand tu danses. N'y a-t-il rien que je puisse faire pour te convaincre ?

— Tu pourrais commencer par me dire pourquoi tu y tiens autant.

Il s'emportait.

— Parce que c'est beau ! Parce que tu es beau ! Parce que dans la danse des obèses, je retrouve la grandeur humaine dans toute sa fragilité, dans tout ce qu'elle a de plus simple. Dans vos mouvements, il n'y a pas que le corps qui se meut, il y a toutes vos courbes, toute cette peau qui semble prendre vie. C'est comme une symphonie de chair.

Je n'y croyais pas. Il ne s'emportait dans de telles envolées lyriques que lorsqu'il mentait, qu'il sentait le besoin de se défendre, de se justifier. Je me suis contenté de sourire et je suis allé me servir un autre café.

La journée était pluvieuse, humide et grise, le genre de journée maussade où seule la musique triste est de mise, où je serais resté chez moi avec Joanna, nos corps collants fusionnés l'un à l'autre. Je détestais tourner en rond dans son bureau. Je détestais cette galerie froide et sans âme. Tout y était trop grandiose, trop immaculé. Puis il y avait Sophie qui faisait irruption sans arrêt en me lançant des regards méprisants, quand elle ne faisait pas tout simplement semblant que je n'existais pas. Elle devait vraiment me prendre pour un minable, un drôle de gigolo sans amour-propre. Dans ses yeux, je pouvais lire tout le jugement qu'elle portait à mon égard. Ça me transperçait chaque fois, et je détestais l'endroit encore plus.

Jean-Marc avait des choses urgentes à régler, comme d'habitude. Entre sa caserne qui commençait à prendre forme et dont l'ouverture était prévue pour l'automne et *Morbid America* qu'il tentait de booker aux quatre coins du globe, il se démenait entre deux spectacles à grand déploiement. J'étais fasciné par sa capacité de mener de front tous ces projets fous. Tantôt il approuvait des épreuves de décor pour un cirque à Macao, l'instant d'après il pouvait passer en revue les dossiers d'auditions pour le cabaret qu'il montait en ville. Derrière son bureau, en l'espace de quelques heures, il avait fait le tour du monde. Mais autant je me plaisais à le voir aller, autant, cette journée-là, je ne supportais pas l'attente. Attendre sans savoir ce qu'on attend, c'est interminable.

— Tu sais, Jean-Marc, si tu n'as pas besoin de moi, je peux te laisser travailler tranquille.

— As-tu quelque chose à faire aujourd'hui ?

— Non. Mais c'est la journée de congé de Joanna, et je me dis que, tant qu'à t'importuner ici, je serais aussi bien de passer un peu de temps avec elle.

Il s'est arrêté et a levé les yeux de son ordinateur portable un moment pour me regarder au-dessus de ses lunettes. Je ne lui parlais que très peu de Joanna. Je savais qu'elle était un sujet tabou et je m'efforçais de ne pas lui renvoyer mon hétérosexualité trop souvent au visage, il exécrait cela. *J'ai l'impression que tu diminues notre relation quand tu parles comme ça*, m'avait-il lancé un jour, furieux.

— Je peux te poser une question en toute indiscrétion ?

— Toujours.

— Qu'est-ce que tu lui trouves, à cette fille-là ?

J'aurais dû me douter qu'il me lancerait ce genre de question piège où nulle réponse ne le satisferait. Peu importe ce que je pourrais lui dire, il détournerait le sens de mes propos pour me réattaquer dans le détour, instillant le doute dans mon esprit. Il avait cette capacité-là innée, de tout détraquer, tout analyser.

— Je l'aime.

— Oui, mais pourquoi ? Qu'est-ce qu'elle t'apporte ?

— Je sais pas, Jean-Marc. Tu parles d'une question bizarre ! Qu'est-ce qu'ils t'apportent à toi, tes petits amants ?

J'ai vu la victoire dans ses yeux, comme si je venais de dire exactement ce qu'il voulait entendre, qu'il jouissait de pouvoir répliquer avec verve.

— Alors ce n'est qu'une amante pour toi ?

— Je l'aime. Ça devrait suffire comme explication.

— OK, OK... On devrait manger tous ensemble, un de ces quatre, j'aimerais beaucoup la connaître, cette mystérieuse Joanna. Je ne l'ai vue que sur scène, et c'est une artiste burlesque extraordinaire. As-tu sa carte? Je pourrais peut-être l'engager pour mon cabaret... sais-tu si elle est disponible en septembre?

— Je crois qu'elle est prise tout l'automne avec sa série.

Il n'en était rien. Du moins, pas à ma connaissance. Mais il était hors de question que nos trois destins se rencontrent. Qui sait ce que Jean-Marc pourrait bien lui dire, ce qu'elle pourrait découvrir? La simple idée de me retrouver avec les deux dans la même pièce me répugnait au plus haut point, me prenait à la gorge comme une panique.

Jean-Marc est retourné à son ordinateur, comme si la conversation que nous venions d'avoir n'avait jamais eu lieu. Il était déjà passé à autre chose. Je me suis allumé une cigarette, impatient. Tout, jusque dans le silence de l'immense bâtiment, me pesait. Au bout d'un moment, il a semblé se réveiller.

— J'ai besoin de toi aujourd'hui. Je manque de temps et j'ai besoin que tu ailles visiter des lofts pour moi. Je dois trouver un quartier général parfait pour le cabaret et j'étais censé faire ça aujourd'hui.

— C'est pas Sophie qui devrait faire ça?

— Émile, s'il te plaît! Je te demande pas la lune. Juste ce petit service là. J'aime avoir ton avis. Tu n'as qu'à prendre des photos. Demande à Sophie, elle te donnera l'appareil photo de la galerie.

Il a griffonné une adresse sur un bout de papier en me sommant de m'y rendre dans l'heure. Son ami agent immobilier m'emmènerait en cavale à travers les vieux quartiers à la recherche du loft parfait. Je lui ai arraché le papier, bouche bée, presque insulté d'être obligé de jouer à l'assistant, d'être rabaissé au même niveau que cette Sophie que je haïssais de toutes mes forces. Je suis resté planté là à le dévisager, pour être certain du sérieux de son propos. Mais il était déjà de retour derrière son bureau, les sourcils froncés, le regard absorbé. Au bout d'un moment, il s'est aperçu de ma présence. Il a levé les yeux au ciel.

— Oh, mon Dieu, Émile, tu peux emmener ta *blonde* avec toi si ça te dérange tant que ça de me rendre un petit service… ciboire !

J'ai tourné les talons et je me suis précipité à l'extérieur dans l'humidité crasse de la ville, encore confus de ce qui venait de se passer. En l'espace de quelques minutes, il avait réussi à se faire pardonner, à me regagner, à me critiquer, à me faire douter, à me rabaisser puis à se faire haïr de nouveau. J'étais sonné. Et vaguement impressionné.

La soirée était fraîche. Parfaite. Le genre de température qui embaume l'air de nostalgie, comme quelque chose dans le vent, dans l'odeur du gazon fraîchement coupé, de l'asphalte froid, qui me ramenait loin, dans l'adolescence. Je me sentais heureux et léger, comme si les papillons qui me secouaient le ventre me soulevaient de terre et me faisaient marcher en apesanteur. La terrasse se trouvait dans une cour intérieure où les arômes de levure se mélangeaient parfaitement à ceux des fleurs et des plantes grimpantes qui ornaient les murs de briques. Du folk jouait en sourdine, loin derrière les conversations des gens autour. L'endroit était rempli. Je me suis faufilé tant bien que mal entre les tables et les chaises, m'excusant au passage d'accrocher les gens avec mon ventre protubérant. Je n'y pouvais rien et, ce soir-là, je m'en foutais. J'étais peut-être gros, mais j'avais le droit d'être là aussi. Rien à faire de leurs regards méprisants.

Joanna était déjà arrivée et semblait en intense discussion avec la nouvelle copine de Cédrik, qui, lui, semblait s'emmerder royalement. Son visage s'est illuminé en me voyant et il s'est levé pour me faire une accolade. Je ne l'avais pas vu depuis un bon moment et le revoir me rassurait automatiquement. Il avait passé son été à courir les festivals avec son groupe et je l'avais passé à courir les fêtes et les bars.

— Putain, l'ami, t'as l'air bien !

Je l'étais. Pour la première fois, depuis des mois, je pouvais déambuler librement dans la ville sans mourir de chaleur. J'avais passé mon après-midi dans les boutiques à m'acheter de nouvelles fringues, mes anciennes devenant légèrement trop grandes pour moi. Joanna était belle. Elle avait refait sa teinture qui tirait désormais plus vers le roux que le rouge violacé auquel je m'étais habitué. Ça lui donnait un petit air aristocratique et, dans sa robe noire, ses courbes m'apparaissaient désirables et nobles. Si Cédrik n'avait pas été là, je serais parti illico avec elle pour louanger son corps le restant de la nuit. Je l'ai embrassée timidement avant de me présenter à la nouvelle conquête de mon ami. Angélique. Un petit brin de fille qui devait avoir à peine plus de vingt ans. Elle m'a semblé frêle et fragile, d'une blancheur épeurante. Son visage m'était vaguement familier, mais les petites amies de Cédrik avaient toutes en commun d'être un peu elfiques. *You look good*, m'a glissé Joanna dans le creux de l'oreille, son souffle chaud dans mon cou. J'ai passé ma main autour de sa taille et je me suis rapproché d'elle. J'avais envie de célébrer. J'ai saisi la pinte de bière froide que me tendait Joanna et j'en ai bu la moitié d'une traite.

Le temps a ralenti, s'est étiré et j'ai savouré l'instant parfait que je vivais. L'endroit était rempli de jeunes avec leur look d'aujourd'hui, la vie devant eux. Ils se regarderaient dans dix ans en se reprochant d'avoir été aussi naïfs, aussi laids. Mais ce soir-là, ils se complaisaient entre eux, ils se trouvaient beaux et attirants. J'avais goûté à ça, naguère, quand Cédrik et moi faisions la tournée des bars, quand l'avenir nous appartenait. Je ne connaissais rien à cette époque-ci. Je portais mon arrogance comme un trophée. Me retrouver parmi une toute nouvelle génération me rappelait ceux que Cédrik et moi avions été autrefois.

En temps normal, ça m'aurait rendu cynique. Mais je n'avais pas envie d'être rabat-joie, pas envie de cracher sur leurs rêves. Ils avaient au moins le mérite de leur innocence. J'avais envie d'être l'un d'eux, ne serait-ce que pour un moment.

Nous avons écouté Cédrik nous parler de sa tournée, de ses aventures. Sa nouvelle amie semblait boire ses paroles comme s'il lui prodiguait la bonne nouvelle. Ça me faisait rire et je voyais bien, à l'air amusé qu'elle avait, que Joanna partageait mon avis. Il était là, avec sa petite camisole blanche, ses pantalons d'armée, ses bottes, son air de délinquant. Une rock star, un dieu de la scène, à l'aise dans son rôle. Il était hors de ce monde. Tout en lui rayonnait, était attirant. En fermant les yeux, je recevais son énergie, sa sexualité débridée, son charisme fou. J'enviais sa vie. À côté de lui, je n'étais rien. J'étais content pour lui, mais j'aurais voulu vivre sa réalité, dans son corps. Joanna ne semblait pas impressionnée du tout par lui. Elle en avait vu d'autres, m'a-t-elle avoué.

Je n'ai pas porté attention quand Angélique nous a dit que deux de ses amies venaient nous rejoindre. Au mieux, elle arrêterait d'accaparer mon ami, et je pourrais enfin avoir une conversation décente avec lui sans son admiratrice numéro un à ses côtés qui s'extasiait devant chaque remarque. Puis elles sont arrivées, et mon cœur a arrêté de battre, la sueur a envahi mon front, instantanément. Elle était là, encore. Morgane. J'avais presque réussi à l'oublier, à la chasser de ma tête. Je me suis senti rougir, comme si j'avais honte, comme si Joanna pouvait savoir que parfois, lorsque ma tête n'y était pas, c'était à Morgane que je pensais en lui faisant l'amour. Son autre amie ne nous a pas vraiment porté attention, comme si elle n'en avait rien à foutre de nous, mais Morgane a été plus que polie. Elle s'est intégrée.

— Je t'ai vue sur scène cet hiver, et tu étais splendide, a-t-elle dit à Joanna.

Elle m'a serré la main en me souriant. Je n'ai pas su si elle faisait semblant de ne pas me reconnaître ou bien si elle n'avait aucun souvenir de moi. D'une manière ou d'une autre, c'était mieux comme ça. J'avais la vague impression que Joanna se sentait menacée par elle, par sa beauté, par la façon que j'avais de la regarder. Elle m'a pris la main et l'a serrée très fort, sans s'en rendre compte. Elle délimitait son territoire, une vraie lionne. Je ne pouvais pas lui en vouloir. Sentant la soudaine tension, le malaise s'installer, Cédrik a repris la conversation.

— Et puis toi, Émile, quoi de neuf?

— Quoi de neuf? Beaucoup de choses! Juste aujourd'hui, ça a été une journée étourdissante.

Joanna s'est tournée vers moi, curieuse.

— Ben, raconte! a lancé Morgane en se servant une bière, un sourire désarmant se dessinant sur ses lèvres.

— Deux choses! La première, et sur ce coup-là, j'en reviens pas encore, je me suis trouvé un contrat d'écriture! J'ai été approché pour être le biographe de Gardénia Laurie.

Les cris ont retenti et nous avons levé nos verres à ma réussite. Seule Joanna semblait ne pas trop comprendre. Elle était heureuse pour moi, mais n'avait aucune idée de l'ampleur de la chose.

— C'est incroyable! *La* Gardénia Laurie? m'a demandé Morgane, impressionnée.

— Oui, madame, la seule et unique.

J'avais fini par faire lire plusieurs nouvelles de mon cru à Jean-Marc, et il avait semblé sincère dans ses commentaires. Je ne l'avais fait que pour lui faire plaisir, lui qui insistait toujours pour découvrir mon univers littéraire. Ce matin-là, il m'avait annoncé que la Laurie était entrée en contact avec lui et se cherchait désespérément un biographe. Il avait alors tout de suite pensé à moi et j'avais rendez-vous avec elle pour discuter de tout ça. C'était énorme.

— *Who the fuck is Gardénia Laurie?* a demandé Joanna.

— Gardénia Laurie, c'est une chanteuse qui a été énormément populaire dans les années soixante, soixante-dix.

— Dans les années quatre-vingts aussi, a renchéri Cédrik. Tu te rappelles pas de son émission de télé ridicule?

— Oui! Enfin, bref, c'est une grosse vedette pour nous autres.

Derrière son sourire et son accolade, je sentais déjà que quelque chose n'allait pas. Nous ne parlions jamais du fait que nous venions de deux cultures distinctes. Pour moi, ça n'avait pas d'importance. Mais Joanna avait tendance à le prendre mal quand elle ne pouvait pas échanger sur un sujet en particulier.

Nous avons trinqué à ma bonne nouvelle. Je n'arrivais pas à croire que j'allais avoir la chance d'écrire la vie de cette légende vivante. Elle était difficile à contenter, paraissait-il, mais jamais je n'aurais refusé l'occasion de faire mes preuves sur le plan littéraire, surtout pas une occasion comme celle-là. J'avais interdit à Jean-Marc d'user de ses connaissances pour me trouver un contrat d'édition, mais je n'étais pas mécontent qu'il ait offert mes services à Gardénia Laurie. Me prouver quelque chose à moi-même, enfin prendre mon envol en tant qu'auteur, après des années de vaches maigres et de piges insipides.

— Et l'autre, c'est quoi?

— C'est vrai! J'oubliais presque! Je déménage! Il y a un ami à Jean-Marc qui est agent immobilier. Un de ses gros clients a un loft dans les vieux quartiers, et il doit partir pour un contrat en Corée. Il me refile son loft pour un prix ridicule ! J'ai été signer les papiers cet après-midi, tu devrais voir ça, toi, c'est hallucinant comme place ! J'ai une vue panoramique sur la rivière et le centre-ville, pis une terrasse à moi tout seul. Un truc de fou !

Cédrik et Morgane ont levé leur verre pour me faire un toast. J'ai senti la main de Joanna se retirer de la mienne au moment même où je levais le mien. Il y a eu un silence. J'ai cru, pendant une fraction de seconde, qu'elle allait se mettre à pleurer. Elle fixait l'horizon, perdue, presque paniquée. J'ai mis ma main sur son épaule, mais elle a fait un saut sur le côté, comme si je venais de la brûler. J'ai tenté de trouver ses yeux, mais elle évitait habilement mon regard.

— Qu'est-ce qu'il y a, Jo ?

— Je... *I... It's...* Je me sens pas bien. Je pense que je vais rentrer à la maison.

Elle s'est levée d'un trait et a filé vers la sortie à toute vitesse, bousculant tout le monde sur son passage. On aurait dit qu'elle manquait d'air, qu'elle allait vomir. J'ai regardé Cédrik qui avait l'air aussi surpris que moi. Morgane, elle, semblait vivre la plus belle soirée de sa vie. J'ai hésité un court instant, ne sachant si je devais courir après elle ou la laisser s'aérer les esprits. Je ne comprenais pas ce que j'avais dit de travers. Était-ce la remarque sur Gardénia Laurie ? J'ai regardé Cédrik avec intensité, l'interrogeant en silence sur ce que je devais faire.

— Je reviens.

J'ai couru vers la sortie. Je ne l'avais jamais vue se fermer de la sorte. Elle cachait toujours bien son jeu et rarement j'aurais pu dire ce qu'elle pensait réellement. J'avais l'impression de l'avoir blessée. Je l'ai attrapée au vol alors qu'elle ouvrait la portière d'un taxi. J'ai crié son nom, sonné qu'elle soit vraiment en train de me fausser compagnie sans explication. Je l'ai retenue et j'ai dit au taxi de filer. Ses yeux étaient rougis, inondés de larmes. Elle n'a pas réagi. Elle a simplement porté ses mains à son visage et a pleuré en silence, les épaules baissées, devant moi. Je l'ai prise à l'écart et je l'ai traînée à l'entrée de la ruelle la plus proche où elle s'est adossée au mur mollement.

— Qu'est-ce qu'il y a, Jo ?

Je ne savais pas quoi lui demander d'autre. Elle était visiblement mal en point. J'ai posé mes deux mains sur ses épaules pour la serrer contre moi, mais elle s'est défaite de mon étreinte, encore une fois. Elle a levé la tête, en furie.

— Tu *déménages* ?

— Ben… oui, dans une semaine. Qu'est-ce que ça change ?

— *I thought…* Depuis quand tu le sais ?

— Depuis quand ? Je sais pas… ça s'est fait cette semaine, y avait rien de sûr. J'ai visité le loft aujourd'hui et j'ai signé sur-le-champ, je voulais pas le perdre.

— *So you've known for a couple of days, and you said nothing ?*

— Jo…

J'aurais dû lui en parler. J'aurais dû au moins lui en glisser un mot, n'importe quel gars sensé l'aurait fait. N'importe quel gars épris d'elle l'aurait incluse. J'aurais dû comprendre. Ça faisait des mois qu'elle me disait que je devrais quitter mon petit appartement miteux, que de toute façon, j'étais toujours chez elle. J'avais été aveugle. Je n'avais pas voulu voir, pas voulu me l'avouer.

— Je pensais pas que ça te fâcherait. T'as toujours détesté mon appart…

— Est-ce que tu m'aimes ?

Si elle m'avait frappé, là, à cet instant précis, si elle m'avait poignardé directement dans le ventre, j'aurais été moins surpris que par ce qu'elle venait de me demander. J'ai ouvert la bouche puis je l'ai refermée, affolé. J'ai senti le sol s'ouvrir sous moi, mes jambes se ramollir. Tout en moi s'est soulevé comme si je tombais, comme si je venais de monter dans un manège démoniaque.

— C'est quoi, cette question-là ?

— *You don't, do you ? You never did.*

— Joanna, s'il te plaît, *don't do that.*

Elle a essuyé ses yeux nerveusement, a plongé sa main dans son sac et en a ressorti la clé de chez moi. Elle me l'a donnée violemment en cognant son poing sur ma poitrine, la tête haute, les lèvres crispées.

— Joanna… *please.*

— *Take it.* J'imagine que j'en aurai plus de besoin maintenant.

J'ai pris la clé en essayant de retenir sa main, mais elle avait déjà commencé à marcher. Elle a levé la main vers le taxi le plus proche, belle et gracieuse, sa petite robe noire dans le vent frais du mois d'août, sa chevelure rousse éparpillée sur son visage rond, détruit par la tristesse. Je l'ai regardée monter à bord de la voiture et disparaître dans l'horizon. Je suis resté là, abasourdi, serrant la clé dans mon poing jusqu'à m'en couper la circulation sanguine. Je suis resté là. Seul.

— Émile? C'est môman.

— Salut, maman. Comment tu vas?

— T'appelles pas souvent! C'est-tu occupé à la librairie ces temps-ci?

— Maman. Je te l'ai dit, je ne travaille plus là depuis plus d'un an. Je travaille pour Jean-Marc Hudson.

— Qui ça?

— Hudson, maman. Jean-Marc Hudson.

— Ah.

— Mais je me suis trouvé un contrat d'écriture aussi. Je vais sans doute écrire la biographie officielle de Gardénia Laurie.

— La chanteuse?

— Oui.

— Est pas morte, elle?

— Non.

— Ah… Pis comment va la belle Rebecca? On attend toujours que vous veniez nous voir avec le p'tit. C'est quoi son nom, déjà?

— Maman, Rebecca est plus dans ma vie. Depuis un bon moment déjà.

— …

— Maman?

— Qu'est-ce que t'as fait, encore?

— Rien. Ça fonctionnait juste pas.

— Franchement. Comme je te connais, t'as pas dû te forcer fort fort.

— Qu'est-ce qui te dit que c'est pas elle qui s'est pas forcée fort? Pourquoi faut toujours que tu présumes que c'est toujours moi le problème?

— Mon Dieu, pogne pas les nerfs! Maudit que t'as mauvais caractère, pareil comme ton père! Pas moyen de dire quoi que ce soit sans que…

— Maman, ça sonne à la porte je vais devoir te laisser, OK?

J'ai raccroché et j'ai ouvert la porte, pris à mon propre jeu. J'ai regardé la pluie tomber sur le balcon, incapable de bouger. Je ne serais jamais à la hauteur pour elle, je ne l'avais jamais été. Je ne méritais pas d'être aimé. J'étais hideux. J'étais gros.

Je n'avais plus envie de lui parler.

Elle est apparue dans le cadre de la porte, vêtue d'une chemise de nuit en soie rouge garnie d'un volumineux col de fourrure. Elle était tout ce que j'avais imaginé et plus encore. Ses cheveux blonds, cendrés, étaient remontés en toque au-dessus de sa tête et donnaient l'impression qu'elle portait un immense chapeau. À travers ses verres fumés, je pouvais apercevoir ses yeux recouverts d'une épaisse couche de maquillage. Elle m'a souri, ses minces lèvres, colorées d'un rouge aussi éclatant que sa tenue, formant un étrange rictus, comme si les années à abuser du botox empêchaient ses muscles faciaux de se mouvoir librement.

— Bonjour, Émile. Je t'en prie, entre. Bienvenue chez moi. Tu es en avance, je n'ai même pas eu le temps de m'habiller.

Je n'étais pas en avance. J'étais même plutôt en retard, mais je n'osai pas la contredire. La nervosité me rongeait depuis la veille. Je savais que Jean-Marc avait vanté mes mérites d'écrivain à gauche et à droite et j'avais profondément envie d'écrire ce livre. Gardénia Laurie était une légende, une vraie, toujours vivante et, bien que les rumeurs voulaient qu'elle n'ait pas toute sa tête, c'était tout de même une occasion en or de la rencontrer et de peut-être me mettre à l'écriture de sa biographie. *Ne la contredis jamais*, m'avait dit Hudson, *elle ne le supporterait pas. Et sois charmant. Gardénia raffole des hommes, surtout ceux qui tentent de la charmer. Elle t'adorera.*

En pénétrant dans le salon, j'ai eu le souffle coupé. C'était l'endroit le plus étrange que j'avais jamais vu, le plus inusité. On se serait cru dans une maison de poupée des années soixante. L'omniprésence de motifs fleuris donnait le vertige. Apparemment, cette femme se vouait un culte sans bornes. Partout, sur les murs, les tablettes, les meubles, des photos d'elle, des trophées, des disques d'or, platine. Juste au-dessus du foyer était accroché un immense portrait d'elle qui devait dater de quelques décennies. La jeune Gardénia semblait m'observer avec intensité, me défiant du regard, pendant que la vieille marchait péniblement avec ses talons hauts. Trop hauts pour elle. Elle avait été belle jadis. Une beauté féroce et sauvage qui avait enflammé les nuits de plusieurs petits garçons, j'en étais sûr. Le contraste entre le tableau et la personne que j'avais devant moi était d'une telle tristesse. J'avais déjà vu à maintes reprises la Laurie à la télévision, s'accrochant à sa célébrité avec l'énergie du désespoir, transformant son corps pour garder une jeunesse qui la quittait naturellement. Je n'y voyais que du chagrin, un malheur. J'allais devoir lui parler de ça aussi.

Elle est sortie de la cuisine avec un plateau sur lequel étaient posés une théière fumante ainsi qu'un service de thé en porcelaine. Je l'ai suivie avec curiosité jusqu'à l'immense verrière ancienne adjacente au salon où nous nous sommes installés autour d'une petite table en fer forgé. L'endroit était moins criard que le reste de la maison. Il y régnait un calme, une sérénité campagnarde propice à ce genre de rencontre et tout à fait contraire à l'image que j'avais d'elle. Au milieu des plantes, des fleurs, de la brise fraîche entrant par les fenêtres ouvertes, elle m'a offert une cigarette de son étui brodé.

— Mon docteur dit que je devrais arrêter, mais je n'en ai pas la force. J'aime mieux tousser que de me prendre dix kilos direct dans les hanches.

Elle s'est assise devant moi, essayant de cacher son ventre sous sa robe de chambre dont l'entrebâillement laissait voir sa poitrine remontée par un soutien-gorge doré, trop petit pour elle. Elle avait tout d'un cliché. Et pourtant, je décelais chez elle une authenticité déstabilisante.

De mon sac, j'ai sorti le volumineux dossier de presse que son agent m'avait fait parvenir par courrier recommandé. Je l'avais étudié minutieusement, durant des heures, au grand dam de Jean-Marc. Celui-ci remontait jusqu'à ses premiers succès dans les années soixante et contenait tant des entrevues que des photos olé olé prises pour des magazines de marque. J'avais prévu une longue liste de questions, son parcours étant impressionnant et foisonnant de scandales tous plus juteux les uns que les autres. Mais là, devant elle, je ne savais plus par où commencer. J'ai allumé sa cigarette en parfait gentleman pendant qu'elle me servait une tasse de thé parfumé.

— Merci beaucoup de me donner cette chance-là, madame Laurie, vous le regretterez pas.

— Lâche-moi les « madames », s'il te plaît, et appelle-moi Gardénia, comme tout le monde. La seule personne au monde que je laisse me vouvoyer, c'est mon comptable.

— Désolé, je voulais pas t'insulter, ou quoi que ce soit.

— T'es *cute*, toi. T'as quel âge ?

— Est-ce que c'est vraiment important, l'âge ?

Elle a tiré une grande bouffée de sa cigarette en s'installant confortablement dans sa chaise, croisant ses jambes potelées, parfaitement lisses et bronzées. Elle a souri, apparemment satisfaite de ma réponse.

— Sans importance, en effet. J'étais curieuse, c'est tout.

J'ai commencé à parler vite. Je parlais toujours plus vite quand j'étais nerveux, comme si je ne contrôlais pas le flot de paroles qui sortait de ma bouche. Je lui ai expliqué comment je voyais la chose, ce que je voulais obtenir d'elle et le résultat que j'espérais de sa biographie. Si je m'engageais dans cet exercice, ce n'était pas simplement pour étaler les faits, mais pour toucher les gens, pour aller au fond de la femme qu'était réellement Gardénia Laurie. Je voulais aller au-delà du dossier de presse. Je savais que plusieurs auteurs avaient tenté le coup avant moi, mais qu'aucun n'avait satisfait la diva.

Elle a éteint sa cigarette dans le cendrier sur pattes à côté d'elle et a délicatement enlevé ses verres fumés, me dévoilant ses yeux verts, presque gris, perçants.

— Maintenant je comprends ce que Jean-Marc te trouve, pourquoi il est aussi épris de toi.

Je l'ai interrogée du regard, ne comprenant pas tout à fait ce qu'elle entendait par là. J'aurais voulu qu'elle commente mon projet, qu'elle s'emballe. Elle ne faisait que rester là à m'observer, les yeux brillants, le sourire aux lèvres, comme si j'étais un petit chaton.

— Qu'est-ce que tu veux dire ?
— Tu lui ressembles tellement.
— À Jean-Marc ?
— Non. À Yves.

Yves.

Elle a dû voir le vide dans mes yeux, mon incompréhension. *Attends,* qu'elle a dit en se levant. Elle est revenue quelques instants plus tard avec un vieil album photo poussiéreux qu'elle a posé devant elle sur la table.

— Je peux pas croire qu'il t'en ait même pas parlé. Je trouvais aussi que tu me rappelais quelqu'un quand je t'ai vu arriver. Mais, en t'écoutant parler, ça m'a frappée. Tu bouges pareil, tu parles pareil.

Elle a ouvert l'album et s'est mise à tourner les pages frénétiquement jusqu'à ce qu'elle tombe sur ce qu'elle cherchait. Délicatement, elle a retiré la pellicule plastique qui recouvrait la page et m'a tendu une photo. À en juger par le look de Gardénia, elle devait dater des années soixante-dix. Elle portait une espèce de costume de scène flamboyant avec des plumes et ses cheveux étaient si volumineux qu'on distinguait à peine son visage. Deux hommes l'enlaçaient, de chaque côté d'elle. À droite, j'ai immédiatement reconnu Jean-Marc, un Hudson beaucoup plus jeune, mais avec le même air de prêtre, les cheveux légèrement permanentés, la moustache, le grand sourire. Sur le cliché, il semblait encore plus mince qu'aujourd'hui, vêtu tout en blanc, son col de chemise ouvert sur sa poitrine ruisselante de sueur. Il devait être dans la vingtaine, pas plus. À la gauche de Gardénia se trouvait un autre homme que je ne connaissais pas, mais qui m'était familier. On aurait dit moi. Même taille, même corpulence, même posture. Tout, jusque dans son sourire, ses yeux, me ressemblait, à quelques détails près. J'ai interrogé Gardénia du regard.

— Incroyable, pas vrai ?

— Je comprends pas. C'est qui ?

— Yves ? T'as jamais entendu parler d'Yves Saint-Germain ?

J'ai secoué la tête, encore ébranlé. Elle a repris la photo et, comme perdue dans ses pensées, elle m'a raconté.

— C'était la bonne époque. J'affichais *sold out* trois semaines en ligne au Grand Théâtre avec ma revue cabaret. C'était du jamais vu. Et c'était l'idée de Jean-Marc et Yves. Ils étaient inséparables dans c'temps-là, toujours ensemble, un par-dessus l'autre, c'était quasiment insupportable. Yves, c'était mon metteur en scène. Un artiste formidable qui a révolutionné le

187

show-business avec ses mises en scène hors normes, ses spectacles à grand déploiement. C'était le meilleur. Jean-Marc était tout jeune à l'époque, il débarquait de la campagne tout fringant, avec aucune idée de ce qu'il faisait. C'est Yves qui l'a pris sous son aile, qui en a fait ce qu'il est devenu plus tard. Il l'a mis sur la map, carrément. Après ça, ils se sont plus lâchés, des vrais siamois. C'était fusionnel, leur affaire. C'est Jean-Marc qui était le concepteur visuel de mon show. Après ça, il a plus jamais eu de misère à se trouver du travail, y a jamais arrêté.

    — Qu'est-ce qui s'est passé entre eux ?

Elle a semblé mal à l'aise.

    — C'pas à moi de te conter ça, ti-loup. C'te bout-là, ça lui appartient. Mais, une chose est sûre, pas savoir ce que je sais, tu pourrais être son fils.

— Joanna, s'il te plaît, décroche, je sais que tu es là... Écoute, je suis au café juste au coin de chez vous. Si tu veux pas me laisser entrer chez toi, viens au moins me rejoindre ici. *We can't end it like this. I won't let you. Please...* Je t'attends.

J'ai redonné le combiné de téléphone à la jolie fille derrière le comptoir et je suis retourné sur la petite terrasse retrouver mon bol de café au lait. Il était délicieux, comme toujours à cet endroit, mais j'avais le ventre noué, la gorge serrée. J'étais incapable de le porter à ma bouche. Je me suis allumé une cigarette sous le regard désapprobateur du couple assis à côté de moi. Rien à faire. Je fumerais tout mon paquet de cigarettes, ne leur en déplaise. S'ils osaient dire quoi que ce soit, ils rencontreraient un Émile qu'ils n'oublieraient jamais. J'en étais là.

Depuis une semaine, je vivais dans ma nouvelle demeure luxueuse. La vieille brique et le bois riche se mêlaient à l'éclairage tamisé de mon loft que j'avais décoré avec soin, à mon goût. Mon ultime fantasme de garçonnière. Mon jukebox, ma table de billard, mon immense écran de télévision, mon bar rempli des meilleurs alcools, les plus chers, ceux qu'on expose, ceux qu'on ne boit qu'en bonne compagnie. Un endroit de luxe, rêvé, qui aurait dû faire l'envie de tous... Mais, au milieu de tous mes avoirs, de ma fierté matérielle, après avoir tout placé minutieusement, après avoir tout nettoyé, je me suis retrouvé seul, immobile, incapable de bouger devant le terrible constat de n'avoir personne à qui le montrer. J'aurais voulu qu'elle soit là. J'aurais voulu lui faire l'amour sur tous les recoins de mon gigantesque lit, sur mes nouveaux draps. J'aurais voulu qu'elle éclate de joie devant mon nouveau chez-moi, qu'elle soit fière de m'avoir comme amoureux. J'aurais voulu être heureux d'être là.

Je lui ai laissé des messages. Tous les jours. Si j'avais réussi à la faire plier une fois, je serais sans doute capable de la faire plier une deuxième fois. Il me paraissait inconcevable qu'elle termine notre relation uniquement parce que je ne lui avais pas dit que je songeais à déménager. C'était insensé. Je ne comprenais pas sa réaction. Plus j'y pensais, moins je saisissais ce qui avait bien pu se passer. Comment?

Mon café au lait a commencé à refroidir. Nulle ombre de Joanna nulle part. Je continuais de fixer la rue, de fumer cigarette par-dessus cigarette, malgré le temps gris, la petite pluie. J'espérais qu'elle change d'idée, qu'elle vienne au moins entendre ce que j'avais à lui dire. J'ai pris une petite gorgée du liquide tiède, le cœur au bord des lèvres. J'avais encore la tête lourde de la veille. Cédrik était venu chez moi faire la fête, me consoler un peu.

J'avais, au départ, prévu noyer ma peine dans ses bras, comme nous le faisions toujours ensemble depuis des lustres. Nous aurions bu du scotch jusqu'à ce que le soleil se lève et il m'aurait regardé pleurer et crier et rager et repleurer. Puis nous aurions ri beaucoup en constatant l'état de mon désespoir. Mais il est apparu à ma porte avec Angélique et Morgane. *Les filles étaient curieuses de voir ta place,* qu'il m'a dit, l'air désolé. J'aimais mon ami de tout mon cœur, mais c'est le genre de truc qui me mettait en rogne contre lui à tout coup. Il ne savait pas dire non. Autant qu'il ne savait pas laisser les filles. C'étaient toujours elles qui le larguaient après avoir enduré des semaines de mauvais traitements de sa part. D'un côté, je lui en voulais. De l'autre, j'étais heureux de pouvoir faire valoir mon nouvel investissement.

Soudainement, je me suis senti beau aux yeux de Morgane. Elle me dévorait des yeux pendant que je lui faisais faire le tour du propriétaire. Sur la terrasse, elle a posé sa main sur ma poitrine en riant. De l'autre, elle a joué avec une mèche de ses cheveux, timidement. Elle me draguait. Je voyais bien qu'elle était impressionnée par l'endroit, par la richesse qui l'entourait. C'était, après tout, l'effet voulu. Mais je n'avais pas envie d'être désiré pour mes avoirs. J'avais envie qu'on me regarde comme Joanna m'avait regardé ce soir-là, quand j'étais assis, minable, dans les marches de la sortie de secours. *You're cute.* Sa voix résonnait encore dans mes oreilles quand je fermais les yeux. Tout ce que j'avais mis des semaines à fuir me paraissait désormais d'un romantisme décadent. Ça ne me ressemblait pas.

Pendant que les filles s'amusaient à tenter de jouer au billard, Cédrik m'a pris à part.

— Qu'est-ce qui se passe, Émile ? Je croyais que c'était une histoire passagère de toute manière avec Joanna ?

— Je sais pas, *man.* C'est comme si je prenais conscience maintenant de ce que j'avais sans l'avoir vu avant, tu comprends ?

— Non. Depuis le début que tu me dis que c'est l'idée qu'elle puisse t'aimer qui t'attire chez elle. C'était voué à l'échec depuis le départ. Tu sais, Émile, t'as le droit d'avoir un échec amoureux sans en faire tout un drame comme avec Rebecca.

— Qu'est-ce que ça a à voir avec Rebecca ?

— Au risque d'être platte, t'as jamais pris le temps de t'en remettre vraiment. Moi, si une fille m'avait fait ce que Becky t'a fait, ça m'aurait pris des mois à m'en remettre. Toi, tu t'es pitché dans ta job avec Jean-Marc Hudson comme tu te serais lancé dans la drogue dure. Pis après y a eu elle, mais j'ai toujours pensé que c'était en attendant. As-tu si peur que ça d'être tout seul?

Tout seul. J'étais seul. Il avait raison, j'étais terrorisé. J'avais beau avoir tenté de me créer un nouveau bonheur, au bout du compte, il ne me restait que Jean-Marc. Le reste de mes amis avaient choisi le camp de Rebecca, je ne pouvais pas leur en vouloir. Elle savait si bien manipuler les gens, leur dire ce qu'ils voulaient entendre. Et moi, je ne démentais rien, je n'en avais pas la force. En la chassant de ma vie, j'avais aussi décidé de ne plus jamais perdre mon temps et mon énergie avec elle. Essayer de la contredire ne m'aurait que transporté davantage dans sa spirale maudite de mensonges et de calomnies. Je n'avais que Jean-Marc. Et Cédrik, son amitié à temps partiel, quand il le pouvait, quand il le voulait.

La serveuse a commencé à empiler les chaises sur la terrasse. Le café fermait, le jour tirait à sa fin. Elle n'était pas venue. Elle ne viendrait pas. Elle m'avait donné une seconde chance, elle m'avait donné tout ce qu'elle était, sans gêne. Je n'en aurais pas une troisième. J'avais beau ne pas comprendre, je savais qu'elle avait sans doute raison. Je n'étais personne. Je ne vivais que dans l'ombre de Hudson. J'ai senti quelque chose se briser en moi, encore, comme un sentiment de déjà-vu, un air de dépression connu.

J'ai laissé quelques pièces sur la table du café et je me suis dirigé vers le tramway le plus proche, paniqué. Ce n'était pas moi. Tout ce luxe, toute cette vie. Je n'avais jamais voulu de ça. C'était le rêve de quelqu'un d'autre, celui de ma mère. J'étais parfaitement heureux dans mon petit appartement minable à l'autre bout de la ville. J'avais tout bousillé. J'étais tellement pris par mon propre jeu que j'avais fini par m'oublier. Jean-Marc, malgré lui, avait créé un monstre.

Sournoisement, le vide est revenu s'installer dans mon ventre.

— Parle-moi d'Yves.

Son visage s'est transformé, s'est raidi, comme s'il était en train de faire une crise cardiaque. Ses traits, qui étaient doux et paisibles quelques instants auparavant, semblaient s'être métamorphosés. Chaque ride est devenue apparente, chaque crevasse, ses cernes m'ont paru plus creusés, plus sombres. En une fraction de seconde, un infime instant, il a vieilli de vingt ans.

Je me retenais depuis des jours de lui en parler. J'attendais patiemment que le moment propice se présente et celui-ci tardait à se montrer. Je lui ai donc craché ma question précipitamment, sans réfléchir, sans savoir comment il réagirait. Je l'avais invité chez moi, fier de pouvoir lui montrer la vie qu'il m'avait permis, après tout, de vivre. Il avait l'air heureux d'avoir rendu cela possible. *Tu le mérites, Émile, c'est splendide.* Jean-Marc Hudson, mon bienfaiteur, mon mécène, celui qui me payait pour être là, tout simplement. Malgré ce que je devais faire pour lui, malgré les séances de nudité, les poses douteuses, intolérables qu'il me faisait garder pendant des heures, malgré les indiscrétions et les ordres, les jugements et le contrôle, j'avais pour lui une profonde reconnaissance, un amour quasi filial. Il m'avait recueilli alors que j'étais au plus creux du fond du baril, au pire de mon mal-être, et il m'avait pris sous son aile, remontant l'estime que j'avais pour moi-même, cassant les barrières de ma pudeur, de mon

194

amour-propre. Il m'avait fait sentir beau et désirable à un moment où c'était inconcevable pour moi, et j'avais fini par y croire.

Ce jour-là, il était chez moi par affaire, parce que j'avais besoin de témoignages de gens qui connaissaient et qui côtoyaient Gardénia Laurie afin d'accumuler le plus d'anecdotes et d'impressions possibles. Je m'étais jeté dans le projet les yeux fermés, sans hésiter, et je m'y donnais avec toute la fougue dont j'étais capable. J'avais déjà écrit plus de cent pages de brouillons, éparpillés ici et là, des bouts de vie, des moments de sa carrière. En m'imprégnant du personnage qu'elle était, je me laissais aller à de grandes envolées de prose poétique qu'elle lisait en frissonnant. J'avais connecté avec elle viscéralement, elle en était renversée, et moi, j'en étais satisfait. J'allais enfin écrire quelque chose de beau, de grand. Quelque chose qui allait perdurer et frapper. Je ne mettais pas de gants blancs et je livrais sa vie sans tabous, sans fioritures, telle qu'elle l'avait vécue de l'intérieur. C'était libérateur. Je pouvais oublier Rebecca, Joanna, oublier ma solitude. J'allais tous leur prouver qu'ils avaient eu tort de me rayer de leurs vies.

Installé sur ma petite terrasse, la rivière à perte de vue, le soleil couchant, je nous avais préparé un pichet de thé glacé au citron et au gingembre. J'étais dans l'air du temps, à la mode, le jet-set dans tout ce qu'il y a de plus tendance. Dans la lumière orangée de la ville, je me sentais charmant et charmeur. Mon rythme de vie effréné m'avait fait perdre quelques kilos, suffisamment pour que je me sente plus beau mais pas assez pour ne plus l'être à ses yeux. En me donnant l'impression de contrôler les lignes de mon corps, je me permettais d'être à mon aise avec mon poids. De toute manière, je n'avais plus rien à lui cacher, il connaissait les moindres recoins de ma peau par cœur.

Devant moi, sur la table de verre, mon cahier de notes, quelques crayons de plomb fraîchement taillés attendaient ses réponses. *Parle-moi d'Yves.* Je n'avais pas pensé. C'était sorti de ma bouche sans censure, de manière incontrôlable. En vérité, c'est la seule question que j'avais préparée. Pour le reste, j'avais des tonnes de boîtes d'archives et de photos qui m'attendaient dans le garage de Gardénia.

— Je ne comprends pas.

— Yves Saint-Germain. Je veux que tu me parles de lui.

Dans ses yeux, l'angoisse a surgi. Sa bonne humeur, sa posture, son assurance; tout cela a disparu, s'est affaissé. J'avais devant moi un étrange mélange de Jean-Marc adolescent et gériatrique. Il m'a semblé tout petit.

— Je sais pas ce qu'il y a à dire.

— Pourtant, Gardénia semblait troublée par ma ressemblance avec lui. C'est vrai?

J'ai posé la photo que Gardénia m'avait donnée sur la table devant lui. Il a détourné le regard vers l'horizon et s'y est perdu un long moment, comme s'il voyait, devant lui, défiler des films d'archives, des souvenirs en noir et blanc. Il a saisi mon paquet de cigarettes et s'en est allumé une, sans demander. Sa main tremblait.

— La première fois que je t'ai vu, Émile, mon cœur s'est arrêté. J'ai perdu l'équilibre, c'est Jashan qui m'a retenu, qui m'a assuré que tu n'étais pas un fantôme. Si tu lui ressembles? Le mot est faible. J'ai souvent l'impression, en te regardant, que c'est lui qui m'observe à travers tes yeux. C'est extrêmement troublant.

— Pourquoi ne m'avoir jamais rien dit?

— Pourquoi pas? Tu n'es pas lui. Ça n'aurait rien changé.

— J'aurais compris.

— Compris quoi ? Hein ? Compris qu'à travers toi, je pouvais enfin revivre une vieille histoire d'amour ? Compris que je suis pathétique, que je m'accroche à des squelettes dans mon placard ? T'en fais pas, Émile, l'illusion est vite tombée, même si, physiquement, tu es sa copie conforme. Tu parles comme lui. Tu bouges comme lui. Mais tu n'as rien de lui. C'est à toi que je me suis attaché après, à ce que tu es.

— Mais c'est lui que tu continues de peindre.

— Peut-être que tu as raison. Je pense que, quelque part, c'est lui que je recherche dans chaque homme qui a partagé ma vie depuis. C'était mon âme sœur, ma deuxième moitié. Personne ne m'a complété autant dans ma vie. J'aurais tout donné pour lui. Tout. Tout ce que j'ai, ce que je possède, je le laisserais aller pour le retrouver. «Parle-moi d'Yves», tu dis. Tu sais pas ce que tu me demandes. Personne ne parle de lui, personne n'ose plus prononcer son nom devant moi. Les gens oublient, Émile. Ou bien ils se forcent à oublier, comme si ce qu'on ne nomme pas ne pouvait exister pour vrai.

«J'avais dix-huit ans quand je l'ai rencontré. Je suis arrivé en ville avec une couple de piasses que ma mère m'avait données, j'étais dans la rue, carrément. Mon père m'a chassé de chez nous quand il m'a surpris avec le voisin dans la *shed*. Il m'a renié. De même, sans cligner des yeux. J'étais plus son fils. Dans ce temps-là, avoir un fif dans la famille, c'était inconcevable, tu comprends. La honte. Ici, c'était différent. Du moins, un peu. Si tu connaissais les coins de rues *safes*, t'étais capable de t'en sortir sans trop te faire de mal. Je me suis trouvé une chambre pis une job de laveur de vaisselle dans un restaurant du centre-ville. C'est banal tout ça, *anyway*.

«Un soir, je me suis retrouvé dans un bar avec deux trois amis que je m'étais faits, d'autres éclopés de la campagne. On n'avait rien à perdre, tout à gagner, on était fêtards pis on commençait à goûter à la vie qu'on voulait vivre. Si j'avais voulu, j'aurais pu me taper n'importe quel homme dans la place. J'étais tellement jeune, tellement niaiseux. Ils me couraient tous après... Mais y avait juste lui. Je vais m'en rappeler toute ma vie, Émile. Un coup de foudre, comme jamais personne n'en a vécu. Il était là pis il dansait en riant, y était tout en sueur, pis y continuait de danser sans s'arrêter, comme si sa vie en dépendait. Il était tellement beau, tellement sûr de lui. Tout le monde le regardait avec envie, on était comme des mouches hypnotisées par un néon. J'avais jamais vu personne danser comme ça. C'était comme sacré, tu comprends. Comme s'il priait.

« J'ai couru après comme un malade. J'ai tout fait pour qu'il me remarque, j'avais juste le goût d'être comme lui, d'être avec lui. Je voulais savoir ce que ça faisait d'être aussi à l'aise, aussi assumé. Évidemment, pour lui, j'étais juste un ti-cul de plus qui arrivait en ville avec ses idées de grandeur. J'étais juste un autre groupie qui voulait se lier à lui pour profiter de sa notoriété. Moi, j'avais aucune ciboire d'idée c'était qui. Je savais même pas son nom. Pendant des semaines, j'ai attendu qu'il me remarque. Pis un soir, il m'a choisi. On a passé la soirée à danser comme des fous, à pas être capables d'arrêter de se toucher.

« Quand j'ai su qui il était, ce qu'il faisait, c'est moi qui ai pris panique et qui ai voulu fuir. Mais c'était déjà trop tard. À partir de là, c'est lui qui pouvait plus me lâcher. Moi, j'étais pas prêt à assumer ça, à me montrer en public de même, comme lui, avec lui. Puis y a commencé à me faire travailler sur ses projets. Il m'a pas lâché. Tranquillement, on est devenus ce qu'on est devenus. Inséparables. L'un ne venait pas sans l'autre. Il m'a fait sentir comme un prince, il m'a aimé comme je pensais jamais être aimé dans ma vie. Je pensais même pas oser mériter autant d'amour que ça.

« On est rapidement devenus un duo reconnu un peu partout. Les shows qu'on a montés ensemble... les partys! J'ai fini par prendre de l'assurance, par devenir meilleur. On révolutionnait les choses comme on pouvait, y avait encore tout à révolutionner dans ce temps-là. Pendant cinq ans, presque six, on a été partout avec nos projets, on a fait le tour du monde...

« Puis, un moment donné, il était pus capable, il avait envie de plus que ça. Il voulait une petite vie tranquille, rangée, qu'on aille s'installer en campagne, qu'on se case. Il était plus vieux que moi, tu sais, de quinze ans. Il rêvait d'un petit bonheur banlieusard, comme tout le monde. Pis moi, j'ai pas voulu m'arrêter, j'ai voulu continuer à *shiner*. La revue cabaret de Gardénia Laurie était censée être notre dernier gros projet ensemble. Il voulait se retirer du show-business un peu, prendre une pause. Ça a été tout un succès, c'te show-là, le plus gros *comeback* que l'industrie a eu l'occasion de voir arriver, encore aujourd'hui le monde m'en parle... Cette photo-là, c'était le soir de la dernière représentation. Ça a été pris sur le toit d'un hôtel pas loin d'ici, qui n'existe plus d'ailleurs. C'est la dernière fois que je l'ai vu. On s'est chicanés ce soir-là, comme deux adolescents, pour une connerie. Je l'ai laissé partir tout seul, pendant que je restais faire la fête.

« On l'a retrouvé mort le lendemain matin, à trois ruelles de là. Ils l'ont battu à mort, pour aucune raison, ils l'ont même pas volé. Y ont juste écrit *Kill The Fags* sur le mur au-dessus de lui. Je l'ai laissé partir tout seul, une fois. Pis c'est arrivé. Ça aurait peut-être été pareil si j'avais été avec lui, je serais peut-être mort moi aussi, je le saurai jamais. C'est ce qui me tue le plus... de pas savoir. Ça m'a pris des années à m'en remettre, Émile, des années. Cet homme-là m'a tout montré. Pas juste de la job, de la vie aussi, de l'amour. Quand je l'ai connu, j'étais tellement anxieux, tellement perdu. Toute ma vie, on m'avait dit que j'étais pas correct, pas normal, pas beau. Il m'a tout donné. Il m'a montré que dans la vie, sans amour, on n'est rien. Y a juste ça qui compte.

« Tu lui ressembles, c'est vrai. Chaque minute que je passe avec toi me rappelle celles que j'ai passées avec lui. J'aurais voulu pouvoir l'immortaliser comme je le fais avec toi, apprendre son corps par cœur, m'en imprégner jusqu'à en connaître toutes les failles, toutes les ombres. Mais, au final, c'est à moi que tu me fais penser, Émile. À moi dans ce temps-là. J'aimerais faire pour toi ce qu'Yves a fait pour moi, te faire prendre conscience de ta valeur, te faire voir à quel point tu es beau, tu es précieux. Arrêter de voir cette tristesse-là dans tes yeux. Je voudrais te voir danser comme lui, sans le moindre souci, en t'assumant tel que tu es. Parce que ça, tout ça ici, c'est pas ça qui va te rendre heureux. Si tu t'aimais comme je t'aime, si tu t'aimais comme Joanna t'aime, on serait pas ici, tu serais pas avec moi. »

Il est resté immobile, le regard dans le vide. Il avait tout défilé dans un souffle, presque un murmure, comme si chaque mot pesait une tonne. Je ressentais sa douleur jusque dans mes os, elle était palpable. Je ne savais pas si je devais être heureux qu'il ait enfin osé partager avec moi un côté de lui ou si je devais m'en vouloir d'avoir exigé de lui une explication. Depuis que je connaissais Jean-Marc, jamais il ne m'avait paru aussi authentique. Il s'est levé tranquillement, m'a souhaité une bonne soirée et a quitté le loft en ne faisant aucun bruit.

Je l'ai senti s'éloigner.

Peu à peu, les choses ont changé entre nous, comme si m'avoir avoué son histoire avait tué quelque chose entre nous deux. Il m'appelait fréquemment le matin pour annuler nos rendez-vous, d'un ton froid. Lorsque j'étais avec lui, il évitait mon regard, il se contentait de peindre violemment sur ses toiles de toutes les tailles, sans jamais vouloir me montrer les résultats. Ensuite il disposait de moi sans autre cérémonie, comme il aurait disposé de n'importe quel autre modèle. Je n'ai pas osé forcer les choses. Je le savais blessé. Ça avait dû tout lui prendre pour me raconter ça, il n'en avait peut-être jamais parlé ouvertement avant. J'avais l'impression d'avoir rouvert une plaie pourtant cicatrisée... j'étais bon là-dedans. Mais habituellement, c'était mes propres plaies que je rouvrais. Je lui ai envoyé un panier de fruits chez lui avec une petite note :

*Jean-Marc, je suis désolé de t'avoir fait revivre ça. Sache que je suis là pour toi, quand tu veux. Je prends ce témoignage comme un cadeau, comme une preuve de confiance et d'amour. C'est réciproque. Amitiés, ton Émile.*

Une partie de moi refusait de m'en vouloir. J'étais enfin soulagé d'en connaître un peu plus sur lui. Il avait tant exigé de tout savoir de moi, de ma vie, de mes démons, sans jamais se compromettre lui-même. Je pouvais désormais voir sa vulnérabilité, ce qu'il cachait derrière son assurance silencieuse. Même s'il s'agissait d'un souvenir douloureux, je décelais enfin l'humanité chez Jean-Marc Hudson. Je comprenais mieux d'où venait son obsession pour moi, sa persistance à vouloir me voir danser. J'étais plus qu'un compagnon pour lui, j'étais le fantôme d'un amour passé, un amour tragique. Le romantique en moi trouvait cela extrêmement gratifiant. Mais il y avait aussi quelque chose de malsain qui en ressortait. Un malaise. Je ne saurais plus jamais s'il me voyait comme moi, ou comme l'autre. Je me suis rendu compte que même moi, je ne le regardais plus de la même manière, je n'agissais plus avec lui avec l'arrogance à laquelle je l'avais habitué. Il y avait maintenant un fond de pitié dans mes yeux que je ne pouvais contrôler. Il devait détester cela.

Je lui avais donné rendez-vous à la caserne ce soir-là. Tard. Je voulais m'assurer qu'il ne trouverait pas d'excuses pour se désister encore. Il avait accepté à contrecœur. Je l'avais entendu dans sa voix. Mais j'avais besoin de me faire pardonner, de raviver notre relation. Même si j'aimais le fait que j'avais plus de temps pour bosser sur la biographie de Gardénia, il me manquait. Plus que je ne me l'avouais.

J'ai installé Jean-Marc sur une chaise, derrière une petite table blanche sur laquelle j'avais déposé deux coupes, une bouteille de champagne dans un seau à glace, un petit vase, une rose blanche. Il a souri.

— Qu'est-ce que c'est? C'est pas ma fête.

— C'est pour toi.

J'ai allumé les éclairages. J'avais fait accrocher de grands morceaux de tissu blanc partout. Ils recouvraient les murs pendant que d'autres tombaient du plafond, comme des colonnes, formant un labyrinthe imaginaire où je pouvais apparaître et disparaître à ma guise. J'avais transformé l'immense salle de la Caserne en un lieu neutre, sans âge, sans histoire. Je voulais que Jean-Marc perde tous ses repères, qu'il soit aussi déstabilisé que moi. J'étais nerveux.

— Sers-toi un verre, je reviens.

Je suis apparu du fond de la salle, vêtu d'une robe de chambre blanche, aussi blanche que les murs. Je me suis approché de lui pour me servir un verre et j'ai bu à sa santé, en le remerciant de tout ce qu'il avait fait pour moi. J'avais décidé de lui offrir l'ultime cadeau, celui que je n'avais jamais voulu lui donner, pas entièrement. Je comprenais ce que cela signifiait pour lui, ce que ça impliquait émotionnellement. En le libérant de cette envie, peut-être allais-je aussi me libérer du vide que je ressentais tout le temps. J'étais gros, je l'avais toujours été. Il était temps de passer à autre chose, de m'accepter comme lui m'acceptait.

— Émile…

J'ai mis un doigt sur sa bouche. *Chhhhhut. Ne dis rien.* J'ai vidé mon verre de champagne froid. Je lui ai tendu la main en souriant et je l'ai entraîné un peu plus loin, cérémonieusement. Je tremblais d'excitation, ça prenait tout mon bas-ventre et remontait le long de ma colonne. Je sentais l'anticipation s'installer en lui et ça me rendait encore plus nerveux. Je l'ai immobilisé et j'ai soulevé le grand drap blanc qui recouvrait son appareil photo posé sur son trépied. La charge était pleine. Il n'avait qu'à l'allumer et laisser aller ses doigts sur l'appareil, comme il le faisait si souvent. Il m'a regardé, hésitant, comme s'il ne comprenait pas où je voulais en venir.

J'ai sorti la télécommande de la poche de ma tunique et en un clic, l'éclairage a changé. J'étais désormais baigné de jaunes et de rouges, de blancs et d'orangés. Chaque projecteur recréait comme un immense coucher de soleil dans lequel je me perdais. J'étais Icare et chacun des tissus était un morceau de mes ailes. Du bout des doigts, j'ai lancé la musique qui s'est mise à sortir de tous les coins de la pièce, nous entourant, tourbillonnant autour de nous. Les ventilateurs ont démarré en faisant danser les tissus autour de moi. J'étais face à lui, au milieu de toute cette beauté. Nous étions seuls dans la bulle que je venais de créer pour lui. Il a saisi son appareil, l'œil brillant, ému. J'ai laissé tomber ma tunique et je lui ai offert mon corps, ma nudité. Je lui ai donné Yves, dansant pour lui dans son plus simple appareil. Je lui ai redonné un moment de vie qu'il avait cru ne plus pouvoir jamais revivre. Je lui ai donné Émile, dans sa fragilité, dans son honnêteté. Je me suis fait vulnérable et libre, sans gêne, sans tabous. Sans inhibitions. Je n'ai pas cherché à cacher les imperfections, je n'ai maquillé ni mon visage ni ma peau. Il aurait mes vergetures, mes défauts, mes courbatures. Il aurait ma danse, celle des obèses, celle qu'on ne veut pas voir, celle qu'on cache, qu'on fuit. Il aurait sa danse, celle d'Yves, celle qui n'a pas de limites. Une danse assumée et fière. Je lui offrais un dernier tango, une dernière valse, avant que tout s'écroule. Je m'offrais son désir, son idolâtrie, comme un cadeau. J'en avais besoin. J'avais besoin de sentir ses yeux sur moi, ses mains invisibles me caresser. Il n'y avait que dans son regard que je me sentais en vie désormais.

Au son de la guitare, j'ai fermé les yeux et j'ai senti la liberté envahir mon corps, l'extase familière se répercuter dans mes tripes, à la puissance mille. J'ai laissé mes membres virevolter, tournoyer sur eux-mêmes dans un ultime ballet, au son des cordes qui vibraient jusque dans mon être. Je me suis laissé bercer par la voix mélancolique qui chantait, me pliant à la danse, me dépliant, exécutant chaque émotion comme un pas. Mon instinct transportait mes pieds d'un côté et de l'autre de la pièce, je m'agrippais aux tissus, je tournais sur moi-même, je me laissais glisser sur le sol, faisant l'amour à mes fantômes, à mes démons. Je volais. Je ne touchais plus au sol, j'étais un cygne qui prenait son envol. Jean-Marc n'existait plus, je n'entendais plus sa respiration ni les cliquetis de son appareil. J'étais uni avec la musique, perdu dans la danse, dans les accords harmonieux. Mes muscles n'étaient plus qu'énergie, je pouvais voir chaque note danser avec moi, m'envelopper. J'ai senti mon cœur battre, accélérer, envoyer des coups sur tout ce qui m'entourait. J'ai senti ma salive me quitter pendant que je sautillais d'un côté, de l'autre, que je me tordais dans les notes. L'éclairage a semblé devenir plus blanc, plus clair. Assez rapidement, je n'ai plus su si je dansais toujours ou si c'est tout le reste qui dansait autour de moi. J'ai ri, un rire franc et bon, qui venait de loin, creux à l'intérieur de moi. J'ai ri d'extase, de me sentir libre. Jamais le laisser-aller n'avait été aussi jouissif. Jamais je ne m'étais dépossédé autant. Dans l'exaltation, je sentais enfin vivre quelque chose d'unique. Personne avant moi, avant nous, n'avait pu ressentir cela.

Chaque cliché qu'il prenait devenait rituel. Je le sentais, je sentais sa présence, comme une divinité. Je ne le voyais pas tournoyer autour de moi, mais l'intensité de son regard prenait mon corps, lui faisait l'amour à coups de flash. Et je me laissais aimer. Je me laissais désirer. Je me laissais, pour un instant encore, être muse.

Le manque. Comme une drogue, je m'étais nourri de son désir de moi pendant des jours, des mois. Même réticent, même dégoûté, j'avais ressenti l'effet d'être voulu par lui jusqu'au plus profond de moi, dans un endroit dont j'ignorais même l'existence. Ça s'était répandu dans mes veines, dans ma chair, et j'étais désormais désorienté. Qu'avais-je fait? Comment pouvait-on, du jour au lendemain, ne plus désirer quelqu'un? Était-ce possible? L'attirance était-elle éphémère à ce point-là?

Je bouillais de rage. Contre lui, contre moi, contre Joanna, contre tout le monde qui avait instauré l'illusion d'un possible, d'une sortie de secours. Je rageais contre l'argent gaspillé à tenter de bien paraître, de combler le manque. J'étais frustré de m'être laissé aller à croire que ça allait durer. Je m'ennuyais des murs réconfortants de mon petit appartement, de mon vieux quartier oublié dans le fond de la ville, loin de l'action et des lumières, loin du bruit. Je m'ennuyais de l'étreinte de Joanna, de son corps chaud, de sa peau humide contre la mienne. Je m'ennuyais du sentiment de bien-être qui avait fait irruption dans ma vie, un bref instant.

L'automne s'est installé, sournoisement. Le temps est devenu gris, le soleil moins présent, les nuits plus longues, interminables. Avec le vent s'est levée la noirceur, un arrière-goût de dépression qui menaçait l'horizon, comme une tempête. J'ai perdu l'envie de faire quoi que ce soit. Mon instinct m'a dicté de me gaver, de manger jusqu'à ne plus rien sentir. De boire. Boire pour oublier, pour engourdir la peine. J'ai résisté aussi longtemps que j'ai pu. Pas question de retomber dans la décadence, dans l'extrême. Je voulais que la vie continue de se dérouler comme elle le faisait, sans tracas, sans soucis. Je continuais de recevoir des chèques de la part de Hudson, mais je me sentais presque coupable de les encaisser. J'allais toujours le voir de temps à autre, mais il était trop débordé, semblait-il, pour m'accorder autant d'attention qu'avant. Les petits moments que je passais avec lui autrefois, à le regarder travailler, à l'accompagner dans ses dîners, ses lunchs d'affaires, étaient désormais inexistants. Il les passait sans moi. Il préparait l'ouverture de la Caserne avec acharnement. *Tu verras, ce sera splendide, je te réserve la surprise.* Je commençais à ne plus le croire. J'étais désillusionné.

Un soir pluvieux et froid de la fin du mois de septembre, j'étais à peaufiner mon premier jet de la biographie de Gardénia, que j'avais décidé d'intituler *La diva,* quand Morgane m'a téléphoné. Cet appel m'a semblé sortir de nulle part. Je ne l'avais pas revue depuis la fois où elle était apparue chez moi avec Cédrik. Je m'étais persuadé que sa manière d'être avec moi n'avait été qu'amicale, que j'avais probablement vu plus de choses qu'il n'en était réellement arrivé. Elle s'invitait chez moi, pour prendre un verre. Pris par la surprise, j'ai accepté de la recevoir. J'étais curieux de savoir pourquoi elle prenait contact avec moi, après toutes ces semaines.

Elle est arrivée quelques heures plus tard. On aurait dit une vision, un mirage. Je me suis senti, l'espace d'un instant, complètement négligent de la recevoir en simple apparat. Après la douche, j'avais enfilé un jeans en vitesse, une vieille chemise que j'aimais bien. Je n'étais pas rasé, pas peigné, je ne m'étais même pas brossé les dents. Et elle était là, sublime et resplendissante comme une actrice sur le tapis rouge. Elle ne portait qu'une petite robe bleue qui lui arrivait à mi-cuisse, dévoilant ses petites jambes élancées. Autour de ses épaules, elle avait enroulé un grand châle blanc sur lequel tombaient ses cheveux noirs et fins, soigneusement coiffés en broussaille. Au milieu du décor sobre du loft, elle semblait briller, rayonner comme ces icônes qui ornent les églises. Sa beauté me figeait, ses yeux me transperçaient... et elle n'avait même pas encore souri, elle n'avait pas dit un mot.

Tout s'est déroulé vite. Très vite. Nous avions à peine bu un verre que sa main glissait déjà le long de ma cuisse vers mon entrejambe. Ça m'a pris par surprise au début. Puis je me suis laissé faire. Je la désirais depuis la première fois que je l'avais vue à l'entrée d'un restaurant. Je voulais la conquérir, savoir ce que ça faisait de toucher une pareille beauté, un corps si frêle, si fragile. J'en avais rêvé depuis si longtemps, nourrissant mon obsession comme un interdit. Toujours, comme des flashbacks, l'impression de la connaître, de l'avoir déjà rencontrée, loin, longtemps avant tout ça. Un sentiment étrange de familiarité et de crainte.

Elle buvait chacune de mes paroles comme si je lui livrais une sagesse divine. Quelque chose avait changé dans son regard, une étincelle qui n'était pas là auparavant. Aussi déstabilisant que ça puisse être, ça m'a plu. Entre ma rupture avec Joanna et le silence de Jean-Marc, je ressentais de nouveau la sensation agréable d'être voulu. Elle n'avait que des éloges à me faire sur tout, de mes vieux vêtements jusqu'à la couleur de mon tapis. C'était trop, presque pitoyable. C'était trop facile.

Une impulsion violente m'a pris, et je l'ai attirée vers moi pour l'embrasser. Je l'ai embrassée encore et encore, j'ai effleuré de mes lèvres chaque coin de son visage, chaque pli de son cou. Sa peau goûtait le savon, son parfum, j'avais son odeur ancrée en moi. Je la sentais respirer plus fort dans mes oreilles pendant qu'elle agrippait mes cheveux avec vigueur. Je recherchais les papillons, les éclairs qui fusionneraient nos corps, comme toutes les fois où j'avais rêvé de ce moment, mais il ne se passait rien. Je la désirais, mais il n'y avait aucun courant.

Je l'ai assise sur la table pour qu'elle soit à ma hauteur et, en deux mouvements de mains, sa robe s'est retrouvée sur le plancher. Je sentais son corps chaud contre le mien, ses jambes brûlantes enroulées autour de ma taille. J'ai enfoui mon visage entre ses seins, savourant chaque pore que ma langue découvrait. Elle gémissait. Mal. Comme dans un mauvais porno, comme si chaque baiser l'emportait au septième ciel. J'ai posé mes doigts sur ses lèvres pour la faire taire. Je n'avais pas envie de ça, je n'en avais pas besoin.

J'ai cherché son regard, je voulais me perdre dans ses yeux bleus pendant que je lui ferais l'amour, je voulais voir cette lueur dans ses pupilles qui me ferait l'aimer plus passionnément, qui me perdrait. Au moment où j'ai enlevé ma chemise, elle a détourné la tête en fermant les yeux. Je me suis arrêté sec.

Elle ne me regarderait pas. Elle ne me désirait pas moi ni mon corps. Je n'avais pas le goût d'avoir honte de mon corps, de voir cette honte dans le regard détourné de la femme que je baisais. Je voulais oublier mon corps, l'oublier dans le sien. Et elle venait de me le remettre en plein visage, juste par ce petit geste-là. Je ne savais pas ce qu'elle voulait, mais j'avais l'impression d'étreindre une inconnue. Je ne devais être intéressant pour elle que par mon statut social. Ce qui expliquait sans doute ses allusions subtiles à ses auditions, à son démo, ses difficultés à trouver des contrats. Je n'étais sûrement qu'une étape facile à franchir pour arriver à ses fins. Je ne lui faisais pas confiance. Je ne me faisais pas confiance. J'avais été manipulé trop souvent. Je refusais de l'être encore. Facilement.

J'ai ramassé sa robe et je la lui ai lancée par la tête en la sommant de partir. Elle a eu l'air offusquée, insultée.

— Pourquoi tu t'arrêtes ? Qu'est-ce que tu fais ?

Parce que tu n'es pas elle. J'aurais pu lui dire, mais elle n'aurait pas compris. J'avais passé des années à courir après mon idéal, après la femme que j'imaginais me compléter à la perfection, celle que je serais fier de ramener chez mes parents. J'avais cru la trouver chez Rebecca, et mon amour pour elle, mon acharnement, m'avait trahi. Morgane avait tout pour me plaire, c'était peut-être pour cette raison qu'elle me paraissait aussi familière. Elle ressemblait à Becky. D'une certaine manière, elle était comme toutes ces autres femmes qui jamais n'avaient osé poser les yeux sur moi. Mais elle n'était pas Rebecca. Je ne retrouverais jamais pareil coup de foudre. Je venais de me rendre compte que je ne pensais plus à Rebecca. J'avais réussi à la sortir complètement de ma tête. C'est à Joanna que je pensais maintenant.

Morgane a claqué la porte.

J'ai flanché. Et j'ai bu. Bu jusqu'à en perdre connaissance. Bu pour oublier. Bu pour que la solitude cesse de me ronger. Bu pour ne plus rien sentir. Je ne savais rien faire d'autre. Il ne me restait que ça.

J'ai perdu mon âge. Perdu la tête.

Je me suis enlisé dans la débauche avec l'énergie du désespoir.

Ça m'a fait un bien fou.

J'ai oublié les jours. Désormais, les nuits et les journées se succédaient sans nom, sans temps. Je ne vivais que pour m'éclater. Chaque soir, un endroit différent. Chaque soir, une fille différente. Elle n'avait pas de visage, pas de prénom. Elle n'était là que pour me défouler. Je ne regardais même pas son corps. Je me contentais d'imaginer Rebecca, Joanna, Morgane, n'importe qui, peu importait. Je ne voulais que la sensation d'un corps sur moi, que l'étreinte.

Je me suis laissé entraîner dans un tourbillon de paradis artificiels, comme si ma vie n'avait aucun lendemain. Dans l'immédiat, c'est ce qui me semblait le plus sensé. Au diable le reste. Je ne me sentais vivant que dans le chaos d'une piste de danse, dans l'anonymat des clubs sombres, des stroboscopes, du rythme tonitruant qui me tenait en vie.

Danser. Boire. Danser. Fumer. Baiser. Manger. Manger. Vomir. Manger et revomir. Fumer. Boire. Boire. Boire. Danser. Boire. Fumer. Baiser. Dormir. Dormir encore. Avaler un cachet. Un verre. Un autre. Boire. Boire. Boire. Boire. Danser. Tomber. Danser. Baiser. Dormir. Vomir. Ramasser. Dormir. Manger. Manger. Manger. Manger. Manger. Manger. Pleurer.

Manger. Pleurer. Vomir. Boire. Vomir. Tomber.
Dormir. Fumer. Avaler un cachet. Danser. Danser.
Sauter. Fumer. Boire. Baiser. Dormir. Rêver. Pleurer.
Boire. Dormir. Boire. Dormir. Vomir. Ramasser. Fumer.

Recommencer.

« C'est super bon, Émile. C'est fabuleux. Mais je ne peux pas publier ça ! »

Je l'ai regardée, perplexe. Ça a pris quelques secondes avant que mon cerveau assimile ce qu'elle venait de me dire. Ma tête était lourde et douloureuse et les cachets que j'avais avalés refusaient de faire effet. Entre la lumière trop forte du petit café dans lequel elle m'avait donné rendez-vous, le jazz étourdissant qui jouait dans mes oreilles et les dernières semaines à faire constamment la fête, ce matin-là me semblait irréel, comme si je flottais dans un brouillard constant.

— Je comprends pas.

Gardénia a poussé un long soupir et a enlevé ses énormes verres fumés pour me regarder dans les yeux. Elle avait appliqué beaucoup trop de maquillage sur son visage, on aurait dit un clown démoniaque, une parodie d'elle-même. Si je regardais trop longtemps ses immenses cheveux bouclés, la pièce se mettait à tourner.

— C'est très bien écrit, très artistique et tout ça. Mais ce n'est pas une biographie ! De quoi j'aurais l'air si j'apposais mon nom là-dessus ? Je ne peux pas assumer ça.

Mon corps était trop las pour réagir. Si j'avais été dans un état plus normal, je lui aurais lancé mon verre d'eau en plein visage. J'avais bossé là-dessus pendant des mois, avec acharnement. C'était sans doute ce que j'avais écrit de mieux dans ma vie. J'avais pris son vécu et j'en avais fait une œuvre d'art, un long poème qui décrivait ses états d'âme, ses victoires, ses déboires. Sous ma plume, son ascension fulgurante au sommet des palmarès devenait de la littérature. Chaque amant, chaque séparation étaient racontés avec passion, de son point de vue, sans fla-fla, sans censure. J'avais capturé son essence et je l'avais transformée en prose. Personne avant n'avait osé faire ça.

— Je comprends pas… C'est ta vie comme si tu l'avais écrite. C'est pas ça que tu voulais ? Tout ce que je t'ai fait lire, tu semblais aimer ça, non ?

— Oui. Oui. Mais je ne pensais pas que ça prendrait cette forme-là. Je pensais que c'était juste des tests, des essais. Personne ne va croire que c'est moi qui ai écrit ça !

J'ai frotté le devant de mon crâne vigoureusement. J'aurais voulu pouvoir le creuser, arracher le bout de cerveau qui frappait douloureusement à l'intérieur de mon front. Je devais rester calme, ne pas élever le ton. Les gens nous dévisageaient déjà avec un drôle d'air, ce n'était ni l'endroit, ni le moment de lui faire une scène. De toute façon, je n'en avais pas l'énergie.

— Justement, Gardénia, c'est pas toi qui l'as écrit… Le monde va comprendre.

— Je suis désolée, Émile.

La sincérité dans ses yeux était alarmante. Elle n'avait aucune idée du coup fatal qu'elle venait de m'asséner. Je m'étais accroché à ce projet comme à mon ultime porte de sortie vers une vie meilleure. Je me voyais déjà, brillant, faire le tour des médias avec elle pour parler du bouquin, je voyais déjà les offres s'accumuler sur la table. En trois mots, elle venait de tuer le rêve. *Je suis désolée.* Je ne voulais pas de sa désolation. Je voulais mon triomphe. Je voulais ma reconnaissance.

Rapidement, j'ai pris le manuscrit sur la table, comme si j'avais peur qu'elle le brûle, qu'elle y touche, qu'elle le salisse avec ses mots désapprobateurs. Elle ne changerait pas d'idée, je le savais. Elle avait cet air déterminé, comme celui de ma mère lorsqu'elle avait jeté son dévolu sur une quelconque lubie. L'air déterminé des femmes aveuglées par leur instinct. Je me suis levé, le manuscrit serré contre ma poitrine, et je suis sorti du café, sans lui dire au revoir. Lui parler aurait laissé paraître la boule qui venait de se former dans ma gorge. Je ne lui donnerais pas le plaisir de savoir qu'elle m'avait atteint. J'avais plus de fierté que ça. Je suis tout simplement sorti, sous le soleil aveuglant du mois d'octobre.

J'ai marché dans la ville, la tête vide, la tête sur le bord d'exploser. Je n'arrivais pas à former une pensée claire, tout se bousculait. Trop d'images, trop de souvenirs, trop de soirées à finir ivre mort. Mon cerveau allait dans tous les sens, tentant de focaliser sur un futur possible. J'étais devant rien, à nouveau. Tout avait dérapé. Si rapidement. L'impression étrange de ne pas avoir la maîtrise, ni de ma vie ni de mes émotions. J'en avais assez de me sentir manipulé. Étais-je crédule à ce point? Peu importe où j'avais perdu mon amour-propre, il devenait urgent de le retrouver.

J'ai pensé appeler ma mère, aller me reposer dans la maison de mon enfance, loin d'ici, loin de la ville, dans la banlieue démodée de mes parents. Tout me pesait: le trafic constant, le bruit, les gens. Il y en avait trop. C'était trop. Je n'arrivais plus à respirer calmement. L'angoisse venait de me prendre à la gorge et son emprise sur moi était plus forte que ma raison. Malgré les mois passés à ne pas faire grand-chose, je ressentais désormais une immense fatigue. J'avais le sentiment que, si j'avais pu, j'aurais dormi pendant des jours entiers.

Dans la vitrine d'un magasin, j'ai vu mon reflet et je me suis arrêté sec, saisi par l'image floue que me renvoyait le verre. Mes cheveux ébouriffés, mes cernes, mes yeux tristes, ma sueur, mon manuscrit fusionné à ma poitrine, mes vêtements trop serrés, mon ventre protubérant, mon énorme visage. J'avais l'air vieux, trop vieux pour mon âge. J'avais l'air de mon père. Je pouvais presque entendre ma mère dans ma tête. *Regarde-toi donc, t'as pas honte? C'est pas comme ça que je t'ai élevé! Tu fais dur! Tu trouveras jamais une blonde attriqué de même!*

Je ne l'avais pas revue depuis presque un an. Éviter d'aller la voir était devenu un réflexe. Chaque fois, je revenais chez moi plus déprimé, plus mal en point. Elle ne le faisait sans doute pas exprès, c'était dans sa nature, elle avait toujours été comme ça. Elle avait mené la même croisade contre mon père, mais celui-ci avait fini par abandonner toute tentative de s'y opposer. Je n'en étais pas capable. Chacune de ses paroles fissurait ma peau et s'y installait, cicatrisait et me rappelait sans arrêt que je n'étais pas le fils espéré.

«T'es jamais satisfaite, peu importe ce que je fais ou comment je suis», lui avais-je dit lors de notre dernier souper. Elle venait de me dire franchement que j'avais pris *beaucoup trop de poids*, qu'*aucune fille ne voudrait jamais de moi comme ça*. Et, dans un ultime effort pour bien se faire comprendre, elle avait enfoncé le couteau plus profondément en me disant: «Je comprends Rebecca d'être partie, regarde-toi donc!» Me regarder. C'est tout ce que je faisais, depuis l'enfance. C'était inévitable. Elle m'avait sournoisement inculqué son obsession. J'avais grandi complexé, constamment conscient de mon apparence. *Tout ce que je veux, c'est que tu sois heureux.* C'est ce qu'elle m'avait répondu. Je n'avais rien dit. J'ai regretté longtemps de n'avoir pas su lui rétorquer tout ce que je gardais enfoui. J'aurais voulu lui faire comprendre que je pouvais être heureux malgré mon poids. Les obèses ont droit au bonheur aussi, ils ont droit à l'amour. Elle aurait sans doute ri. Comment être heureux lorsqu'on est laid?

Un jour, je le savais, je devrais l'affronter, tuer les parasites qu'elle avait semés en moi. Peut-être que ça réglerait quelque chose. Peut-être pas. Je devais d'abord me convaincre moi-même, me reformater. J'avais cru réussir en rencontrant Jean-Marc. Je m'étais permis de croire que je pouvais être désirable. J'y avais cru. Brièvement. Tout s'était éteint. Il n'y avait plus personne. Les seuls regards qui se posaient sur moi étaient ceux des étrangers qui me dévisageaient, qui détournaient le regard de la réalité, comme s'ils risquaient d'attraper mon obésité à trop me fixer. Leurs regards de pitié. De honte.

J'ai eu envie de boire. Encore. J'avais tout essayé pour retrouver l'attention de Jean-Marc. Mais plus j'essayais, plus il s'éloignait. Je devais paraître bien pitoyable à ses yeux. Son attirance pour moi avait été déstabilisante. Son rejet l'était davantage. Il allait inaugurer la Caserne dans quelques jours. J'allais en profiter pour mettre un terme à notre relation. Elle était déjà finie de toute manière. S'il n'avait pas la force de le faire, je le ferais pour lui. Je lui devais bien cela. C'était décidé.

Fini le temps des muses.

Dans la lumière orangée des lampadaires, l'ancienne caserne de pompiers semblait plaquée d'or. Je ne l'avais pas vue depuis un moment, depuis que j'avais offert ma danse à Jean-Marc. Ça paraissait si loin déjà. L'endroit avait bien changé, les trottoirs avaient été soigneusement nettoyés et les immeubles autour avaient pris vie, comme il me l'avait toujours prédit. Je devais lui donner ça. Il avait rarement tort pour ces choses-là.

La nuit était fraîche, parfaite. Le vent sentait les feuilles mortes et l'humidité. J'ai relevé le col de ma veste pour réchauffer mon cou dénudé. À l'intérieur, la foule s'était rassemblée et semblait écouter attentivement quelqu'un en train de faire un discours. Je n'avais pas envie d'entrer tout de suite. Je n'avais pas envie d'entrer du tout. Je me suis assis sur le banc, de l'autre côté de la rue, là où, il y a de cela ce qui me semblait être une éternité, Jean-Marc et moi nous étions assis pour admirer la caserne en décrépitude. J'ai déballé le petit paquet de cigarettes que je venais d'acheter. Je fumais trop. J'en avais besoin, par nostalgie. Pour me donner du courage. J'ai savouré la sensation de la fumée qui envahissait mon œsophage, puis mes poumons, la jouissance de la sentir ressortir, l'extase de la nicotine attaquant les cellules de mon cerveau.

J'ai eu envie de partir. Je me sentais comme un imposteur. J'avais tant couru ce genre d'événements avec lui, en tant qu'accompagnateur attitré. Arriver sans lui, comme un invité, me rendait anxieux. J'avais déjà l'impression de ne plus appartenir à son monde. En si peu de temps. Mais je devais y aller, je devais voir. Je devais lui parler. Casser la glace, casser le froid. Remettre les choses en ordre. Le ciel était dégagé et, à travers le halo de la ville, je pouvais apercevoir quelques rares étoiles. L'automne m'enveloppait et semblait arrêter le temps. Tout était au ralenti, comme si chaque seconde se décalait. J'ai pris mon courage à deux mains et je suis entré.

La chaleur de la galerie m'a tout de suite plu. Tout avait changé depuis que j'y avais mis le pied, dans mon autre vie. Tout avait été rénové et retravaillé avec soin et goût. Dans chaque détail, je reconnaissais Jean-Marc, tout dans l'endroit criait Hudson. Personne n'a semblé me reconnaître malgré le fait que j'avais déjà, d'une manière ou d'une autre, croisé la plupart d'entre eux. Si c'était de l'hypocrisie, tant mieux. Je n'avais aucune envie de converser avec qui que ce soit.

— Bonjour ! Votre nom ?

Elle était toute petite, menue et portait ses cheveux blonds en tresse française. La nouvelle Sophie. Cette dernière avait fini par remettre sa démission à Jean-Marc, il m'en avait glissé un mot lors de notre dernière rencontre. Il était furieux. Elle l'avait accusé de tous les maux, tous les torts. Elle avait sans doute raison. J'ai regardé la petite nouvelle. Elle était souriante, mais nerveuse, ce devait être sa première fois. Connaissant Jean-Marc, il avait dû la tyranniser, la pauvre. Je lui ai donné mon nom qu'elle a cherché maladroitement sur ses feuilles, cachant mal son angoisse.

— Ah ! Voilà ! Passez une belle soirée.

Elle m'a remis un programme rapidement pour se débarrasser de moi, et je l'ai remerciée en souriant. J'avais envie de rire, mais je ne voulais surtout pas lui manquer de respect ou lui montrer mon amusement. Je me doutais bien du stress oppressant que ce genre d'événement devait faire peser sur elle.

Jean-Marc est apparu de nulle part, à travers la foule. Toujours la même dégaine, le même look de prêtre. Il a ouvert les bras et m'a enlacé fermement.

— Émile, mon Émile. Je suis content que tu sois là.

Il l'avait dit doucement, de sa voix triste et rauque, pris par l'émotion. Son odeur a infiltré mes narines. J'avais presque oublié son odeur, oublié la sensation d'être étreint par lui.

— J'allais tout de même pas manquer ça.

Il m'a pris par les épaules en plongeant son regard dans le mien. Il souriait, mais quelque chose au fond de lui était triste. Ses yeux petits et rougis, humides, comme ceux d'un bon grand-père.

— Laisse-moi te regarder! Bon Dieu, tu as fière allure. Tu as l'air bien, je me trompe? On se voit plus assez souvent. Tu me manques. Va falloir rectifier ça. Ça va?

— Je vais bien, je vais bien.

J'allais mal. Je ne pouvais pas lui dire, là, comme ça. Je savais aussi que mon allure n'avait rien de fier. Je ne m'étais pas rasé depuis des semaines, mes cheveux étaient désormais trop longs pour obéir à un quelconque produit fixatif. Même mes beaux vêtements n'arrivaient pas à me donner un brin de classe.

Quelqu'un a crié son nom au loin en levant la main. Il s'est retourné en continuant de me serrer les épaules, comme s'il avait peur que je m'envole.

— Le devoir m'appelle. C'est un grand succès, Émile. Jure-moi de ne pas partir sans me dire au revoir.

Quelque part entre ma fébrilité et ma nostalgie, je ressentais un immense bonheur. Le revoir avait été moins douloureux, moins étrange qu'anticipé. J'ai jeté un coup d'œil sur le programme en faisant mon entrée dans la galerie principale. Je me suis immobilisé, incapable de détourner mes yeux de la photo. Mon corps, là, en gros plan sur papier glacé, en noir et blanc. Mon corps nu et exposé dans toute sa grosseur et sa fragilité. Mon corps en mouvement figé sur une pellicule photo. On ne voyait pas mon visage, on ne pouvait même pas le deviner, mais on voyait tout le reste. En bas de la page, en lettrage sobre, blanc sur noir, on pouvait lire ceci :

*La danse des obèses*
Jean-Marc Hudson
La Caserne

J'ai levé les yeux. Partout, sur tous les murs, sur toutes les photos, j'étais partout. Il avait tout exposé. Pendant des mois, j'avais posé pour lui, j'avais joué le jeu du mannequin, du désiré. Dans ma naïveté, je n'avais jamais cru qu'il oserait l'exploitation jusque-là. Devant moi, une reproduction géante. Sous l'éclairage, la photo semblait s'animer, comme si le corps obèse s'élançait vers l'avant et se balançait dans un ballet grotesque. Il y avait une grande tristesse qui se dégageait du cliché, mais aussi une grande beauté. Je me souvenais de ce moment-là, du moment précis, de l'heure. Mon ultime tentative de séduction, de rétention. Et lui, il en avait fait une exposition.

Personne n'aurait pu me reconnaître, sur aucun des clichés mon visage n'apparaissait. Il était parfois remplacé par un voile, sur d'autres, ma tête avait simplement été coupée à l'ordinateur. Dans plusieurs des photos, mon visage avait été hachuré grossièrement.

Je me suis promené, lentement, de photographie en photographie, obsédé par la beauté de ce corps en mouvement qui avait été le mien. Il avait su saisir avec son appareil des images fortes, insoupçonnées. Autour de moi, j'écoutais la réaction des invités de marque, je les entendais s'exclamer. Certains criant au génie, d'autres déplorant l'éloge de l'obésité. Là où un des hommes voyait le scandale, sa femme vivait une grande émotion devant la fragilité, la justesse du mouvement. Je me suis observé, dansant sur chaque photo. En tournant sur moi-même, j'aurais pu reconstituer chaque geste, chaque élan, j'aurais pu réentendre la musique, ressentir l'adrénaline à nouveau guider mes gestes, mes élans.

En passant dans la deuxième galerie, mon cœur a cessé de battre, d'un coup. La salle était plongée dans le noir, seul un énorme projecteur illuminait l'œuvre au centre. Une immense sculpture représentant un homme obèse assoupi, recroquevillé sur le côté, sur un lit de drap froissé. Je me suis revu, ivre mort, sur mon grand lit blanc au Mexique. J'étais là, devant moi. Chaque détail, chaque bourrelet, chaque inclinaison étaient parfaits. J'avais l'impression de me regarder. Le visage de la sculpture était caché sous un masque, un masque identique en tous points à celui qu'on nous avait fait porter, le soir de cette fête maudite où tout avait commencé. Le soir où Jean-Marc Hudson était tombé follement amoureux de moi, derrière mon masque.

Je me suis dirigé vers la troisième salle, le cœur lourd, comme si je marchais dans un rêve. Tout me semblait irréel, absurde. Au loin, j'ai aperçu Jean-Marc en train de discuter passionnément avec une journaliste.

Comme s'il avait senti ma présence, il a levé les yeux sur moi, guettant ma réaction, tentant de lire une émotion sur mon visage. Mais j'étais abasourdi. Cette galerie était sans doute la plus festive, mais aussi la plus troublante à mes yeux. Elle me renvoyait enfin, pour de bon, toute l'obsession que cet homme avait eue pour moi. Je pouvais aussi comprendre en quoi il m'avait trouvé beau. Et pourquoi. Sur chacune des toiles, je reconnaissais une partie de moi. C'était étrange. Personne ne pourrait véritablement faire le lien entre les tableaux, ni en comprendre le sens. Mais moi, en les mettant bout à bout, en les reliant comme les morceaux d'un casse-tête, j'aurais pu me reconstituer en entier. Une série de huit tableaux sur un petit mur représentait les vergetures de mon ventre dans des teintes de rouge, d'orange et de violet. Mes vergetures en plan plus que rapproché. Ici, un gros plan de mon ventre rencontrant mon pubis. Là, la forme de mes hanches se perdant entre deux bourrelets. Sur une autre, les courbes de mon dos bosselé comme une chaîne de montagnes. Ce qui, pour l'œil de l'amateur, ne ressemblait qu'à de l'art abstrait, des lignes peintes en couleurs sur des fonds sombres et chauds, était en réalité mon corps, agrandi au centuple et immortalisé dans la peinture. Mon corps, plus grand que nature, dans ses moindres détails, démembré et reproduit sur des toiles de tailles diverses. Chaque tableau me renvoyait les défauts de ma peau, d'une chair qui n'était plus tout à fait la mienne. Des heures. Il avait dû passer des heures, des jours, à regarder ses photos, à les étudier, à les agrandir. Il avait transformé mon corps en œuvres d'art. C'était touchant. Troublant.

Il s'était servi de moi, comme prévu. Il m'avait entraîné dans sa danse des obèses, dans son délire de création, et j'avais été son inspiration, sa muse. Tout le désir qu'il ressentait à mon égard, il l'avait jeté dans son exposition et dévoilait au monde entier des brins de moments intimes passés ensemble. Je ne savais pas si je devais me sentir trahi ou touché.

L'air a quitté la pièce et, l'instant de retrouver mon souffle, il n'y eut qu'elle. Joanna. Ses cheveux étaient blonds maintenant, longs, presque blancs, javellisés. Elle avait perdu quelques kilos, peut-être n'était-ce que son habit de serveuse de soirée, je ne savais pas. Mais elle se tenait devant moi, un plateau à la main, avec son énorme sourire. Je me suis caché d'instinct derrière un muret et j'ai attendu qu'elle disparaisse avant de m'élancer vers la sortie. J'avais eu tort de venir, tort de penser que ça allait changer quelque chose.

— Émile !

Jean-Marc m'a agrippé par le bras dans mon élan. Il s'est excusé auprès des gens avec qui il était en train de discuter et s'est retourné vers moi.

— Si j'te connaissais pas, je croirais que tu allais t'enfuir sans me dire au revoir.

— Est-ce qu'on peut se parler en privé ?

Il m'a entraîné à l'étage où un immense salon avait été aménagé pour les visiteurs. En tournant le coin d'un corridor, nous nous sommes retrouvés seuls dans un petit bureau pas tout à fait meublé. Malgré ses cheveux plus gris, sa barbe taillée, son col roulé noir et son pantalon pressé, il avait l'air d'un petit garçon qui cherche l'approbation de son père. Je l'ai vu, tout petit, chétif, amaigri par la maladie.

— T'aurais dû m'avertir, Jean-Marc…

— Je voulais te faire la surprise. T'es pas fâché, hein ?

J'ai éclaté de rire. J'avais cru qu'il s'éloignait de moi alors qu'il ne faisait que me préparer cet ultime hommage. Je le fixais dans les yeux, mais je ne le regardais pas. Mes yeux étaient loin, au-delà de lui. Je luttais entre l'envie de pleurer et celle de le frapper. Je ne savais pas ce que je ressentais. J'étais nerveux, désemparé, comme lors de notre première rencontre. *Esti que t'es beau*, avait-il dit. J'étais venu lui dire au revoir, et soudainement, devant lui, je ne pouvais m'y résoudre. Je redoutais qu'il accepte trop facilement notre rupture. Son rejet serait terrifiant. Puis il y avait Joanna, en bas, en habit de serveuse, qui s'amusait à servir des cocktails au milieu de centaines de clichés de moi, nu, dansant.

— Je suis pas fâché. Je comprenais juste pas ton silence.

— Émile… j'ai passé ma vie à courir après le même homme. J'ai flambé des fortunes à gauche pis à droite en espérant retrouver Yves, en espérant ressentir ce que j'avais ressenti avec lui. J'ai passé ma vie à le chercher dans les autres au lieu de profiter de ce que j'avais. Ça m'aura pris toi pour comprendre que je courais après un fantôme, que pendant c'temps-là, je passais à côté de ma vie. T'es un gars exceptionnel, Émile, mais t'es pas lui, tu le seras jamais. Même si j'ai appris à te connaître et à apprécier celui que tu es, au final, c'est toujours vers lui que je retourne. Comprends-tu?

— Si je comprends bien, c'est fini nous deux?

— C'est pas fini. Ça le sera jamais. Regarde comment t'as changé, comment t'as éclos en si peu de temps. Ça fonctionnera toujours pour moi… Regarde ce qu'on a accompli! C'est un immense succès. Sans toi je n'aurais pas pu accomplir ça. C'est mon ultime hommage à notre temps passé ensemble et je n'aurais pas pu imaginer un autre endroit que celui-ci pour le faire. L'expo a déjà été bookée dans quatre musées importants dans le monde.

— Jean-Marc… Je sais pas quoi te dire. Ça me touche, vraiment. Je ne saisis toujours pas la beauté que tu vois en moi. Mais ça, tout ça, c'est beau. Mais c'est tout toi… J'ai rien à voir là-dedans.

Il a reçu mes paroles calmement, mais je voyais au fond de ses yeux qu'il mourait d'envie de se lancer dans une autre de ses envolées lyriques. Il y avait de la tristesse dans ses yeux, derrière son air fier. J'aurais voulu qu'il comprenne que ce n'était pas moi. Ce n'était que mon corps. Il n'avait jamais compris. Là où il voyait de la beauté, moi, je ne voyais que ma laideur. Je me foutais de son art, de mon immortalité sur la toile. C'est à travers ses yeux que j'étais beau. En perdant cela, je me retrouvais au point de départ. J'avais changé, c'était vrai. Le monde tel que je le connaissais s'était écroulé. Je lui en étais redevable.

— Je n'ai jamais pu avoir ta tête... j'aurai au moins eu ton corps.

— Tu as eu ma tête, Jean-Marc. Plus que tu penses.

Il m'a enlacé et a déposé un petit baiser sur mon front. Ses yeux se sont remplis de larmes. Il tournait la page.

— Merci, Émile... pour tout.

Je l'ai laissé seul, les bras pendants, et j'ai dévalé l'escalier pour trouver une issue. Je suis sorti dehors dans l'air frais de l'automne urbain. Je me suis arrêté un instant pour prendre une grande inspiration, les yeux fermés vers le ciel. Je me suis senti plus léger, comme si je venais de me débarrasser d'un poids énorme. Et pourtant, j'aurais voulu pleurer un bon coup. Je n'arrivais pas à croire que c'était fini. Aussi rapidement et soudainement que ça avait commencé. *Tant et aussi longtemps que ça fonctionne pour nous deux.* Il ne me rejetait pas. Il me rendait ma liberté.

J'ai tourné le coin de la rue, un sourire en coin. Joanna était là, adossée au mur de pierre de la caserne, perdue dans ses pensées. Elle fumait une cigarette. Je me suis approché d'elle lentement, hésitant.

— *Hey, you.*

Elle m'a regardé, les yeux vides, pendant quelques secondes, puis elle a sursauté.

— Émile? *Holy Shit!* Je t'avais pas reconnu.

C'était étrange de me retrouver là, avec elle. De toute cette histoire, c'est elle que je regrettais le plus. Je m'en étais voulu de l'avoir traitée comme je l'avais fait. Elle aurait mérité mieux que moi, mieux que nous. Je l'avais peut-être tout simplement rencontrée au mauvais moment. Il y a des destins qui ne sont pas faits pour être, qui ne devraient pas se croiser.

— Comment tu vas ?

— Oh, *well,* tu sais, ça va. Et toi ?

Il y avait une tristesse dans sa voix qu'elle tentait de dissimuler. Je la connaissais, rien n'avait changé.

— Je m'attendais pas à te voir ici.

— Ouain, ben, *you know, the guy pays well, so...* Tu travailles toujours pour lui ?

— Non. Plus maintenant...

Le dire. Juste le dire me faisait un effet étrange. Je venais de tourner la page de ce livre-là. Il n'y avait rien devant moi, qu'une page blanche. Libre à moi de la remplir. Joanna a semblé satisfaite de ma réponse, mais a continué d'éviter mon regard, comme si elle avait trop mal de me regarder.

— Joanna...

— *It's you in there, isn't it ? On those pictures ?*

— Oui.

Je n'ai pas hésité. Je l'ai dit. J'avais besoin d'être honnête, de lui dire la vérité, qu'elle comprenne tout ce que j'avais vécu en secret pendant que j'étais avec elle. J'aurais voulu tout lui dévoiler, tout lui raconter. J'avais trop de choses à expliquer, trop de paroles, trop de scénarios que j'avais remués dans ma tête pendant des semaines. J'aurais voulu lui avouer que j'avais été égoïste, que j'aurais dû l'inclure dans ma vie, dans mes décisions, que j'aurais dû l'inviter à emménager avec moi. J'aurais voulu qu'elle sache que je regrettais, qu'au bout du compte rien de tout cela n'avait de véritable valeur. Je le savais maintenant. Mais je n'arrivais pas à parler, aucune parole ne réussissait à franchir le seuil de ma bouche.

— Tu aurais dû me le dire, Émile. *You should've at least said something...*

— *I know.* Finis-tu bientôt? On pourrait aller prendre un café, quelque chose... J'aurais beaucoup de choses à te dire.

Elle a écrasé sa cigarette avec son soulier à talon haut et m'a regardé en souriant tristement. Elle a caressé mon visage avec sa main, le regard perdu, comme si elle essayait de le photographier avec ses yeux.

— *You know what,* Émile, je pense pas que ce soit une bonne idée. *I'm leaving in a week.* Ma série a été renouvelée pour une deuxième saison et le tournage se fait à New York. Je vais rester là un petit moment. *Maybe it's better this way. I'll call you when the timing's right, okay ?*

Elle s'est dirigée vers l'intérieur et m'a regardé une dernière fois avant de refermer la porte de secours. J'aurais préféré qu'elle me gifle, qu'elle crie, qu'elle réagisse autrement. J'aurais préféré qu'elle accepte mon invitation, qu'elle m'écoute. J'étais prêt maintenant à m'ouvrir à elle. Il était trop tard. Elle allait partir, quitter la ville. Cette vérité-là était immense, plus douloureuse que toutes les autres. Elle allait vivre son rêve américain, loin, et seule dans son New York. Sans moi.

Je suis resté là un moment à fixer la porte grise. J'ai traversé la rue pour piquer à travers le parc qui se trouvait là. La station de métro était de l'autre côté et j'avais envie d'entendre le bruit des feuilles mortes sous mes pas. Au milieu du parc, je me suis arrêté et je me suis allumé une cigarette.

— Je m'excuse, Joanna, que je lui ai dit, tout seul au milieu des arbres mourants.

J'ai jeté un dernier coup d'œil sur la caserne illuminée. Je ne retournerais plus jamais à cet endroit. Je suis rentré chez moi dans l'espoir qu'un jour, peut-être, elle me pardonnerait de l'avoir si mal aimée.

Un désir. Un désir fou.

Le désir de plaire, d'être beau, d'être voulu. Le désir d'être envié, de me fondre dans la masse. D'être comme tout le monde, comme ces autres qui n'ont ni honte, ni même aucune idée de leur beauté. D'être n'importe qui sauf soi-même. Un désir si fort qu'il en était devenu aveuglant. J'aurai passé le début de ma vie à courir après l'impossible en me rejetant, en repoussant l'amour par réflexe, sous prétexte de ne pas en être digne. En vivant par procuration dans le regard des autres, je me suis enfermé à l'intérieur de mon corps, prisonnier d'une chair insatisfaisante. Je me suis autodétruit par instinct, au lieu de me cultiver.

« J'ai l'impression d'avoir retiré beaucoup plus de notre relation que toi, et ça me désole », m'a avoué Jean-Marc, quelques semaines après le vernissage. Et pourtant, il m'aura fallu cet homme étrange pour comprendre que j'avais aussi le droit d'être beau. Il me suffisait d'y croire. J'étais si ancré dans mon estime défaillante, dans le déni, que je n'avais rien vu. Au final, j'avais été aussi égocentrique que lui. En me concentrant sur son obsession envers moi, en me mirant dans ma misère et mon désarroi, j'avais ignoré le magnétisme que j'exerçais sur Joanna. Il m'aura fallu quelques nuits blanches pour revoir ses yeux, pour comprendre qu'elle m'avait désiré, éperdument. J'avais été trop bête pour le voir, pour saisir la chance que j'avais. Au lieu d'y voir de l'amour, j'avais réussi à me persuader que sa valeur égalait la mienne. Mais j'avais voulu d'elle, désespérément, comme Jean-Marc avait voulu de moi, d'Yves. C'était plus que charnel. C'est elle que j'aimais. Je n'avais pas su. Je n'avais vu que son physique qui me renvoyait le mien en plein visage. J'avais été égoïste. Naïf.

J'étais sans cesse en train de me rejouer ce que Hudson m'avait dit ce soir-là. *C'est à moi que tu me fais penser.* Comme lui, j'avais recherché la même personne chez les autres, en n'étant jamais satisfait. Comme lui, j'étais resté centré sur moi-même, ignorant ce que j'avais devant moi. Comme lui, je passais à côté de la vie, rongé par le passé. Je lui ressemblais. Tout ce que je détestais en lui, je le possédais sans même m'en rendre compte. Ce n'est que dans son rejet que j'ai pu prendre conscience de mes propres failles.

Il est apparu chez moi, un matin froid du mois de novembre, une enveloppe à la main. Il venait me donner un cadeau, une *indemnité de départ.* Je ne voulais pas de son argent, je n'en voulais plus. C'était la rançon de la pitié, de la culpabilité. Peu importe ce qu'il disait, ce qu'il croyait, il m'avait apporté beaucoup plus que quiconque. Je me sentais libéré d'un malaise envahissant que je portais depuis la puberté. C'était grâce à lui. Depuis le début, nous savions tous les deux que ça ne durerait pas. Il n'aurait jamais pu m'avoir complètement de toute manière, pas comme il l'aurait voulu.

— Jean-Marc, c'est gentil, mais c'est pas nécessaire. Je vais me débrouiller.

— J'insiste, Émile, s'il te plaît. Je me sens mal.

Il avait l'air triste. Je lui ai souri. Malgré tout, je n'éprouvais pas d'amertume à son égard. J'avais passé les dernières semaines dans une sobriété réparatrice et j'avais pris le temps de faire le ménage de toute cette histoire dans ma tête. Cédrik m'avait conseillé de faire comme j'avais fait avec Rebecca et de tout exorciser sur papier, ce qui n'était pas une mauvaise idée. Mais c'était encore trop frais, trop immédiat pour que j'y arrive. Et j'espérais surtout que l'histoire n'était pas tout à fait finie. Étrangement, revoir Joanna avait eu un effet bénéfique. Un certain calme, une certaine sérénité avaient pris place au creux de mon ventre, là où maintes fois le vide avait fait son apparition. Je n'étais pas complètement zen, mais je me sentais en paix. J'osais imaginer que ça ressemblait à ça, être heureux.

— Qu'est-ce que tu vas faire ? J'ai parlé à Gardénia, et elle refuse de changer d'idée. Elle est même un peu insultée.

La Laurie n'avait qu'à bien se tenir. Dans les mois à venir, elle aurait une bien mauvaise surprise en entrant dans la librairie de son quartier. Mon livre allait être publié. Je l'avais offert à mon éditeur, celui-là même qui quelques années auparavant avait assez cru en mon talent pour publier mon premier roman. Il avait accepté de lire mon manuscrit, malgré ses réticences et mes années de silence. Après, il m'a appelé, emballé, en m'assurant que si nous changions les noms et que nous brouillions un peu les pistes, Gardénia Laurie n'aurait rien de tangible contre moi. Au bout du compte, ce serait un roman *vaguement inspiré* de sa vie. J'allais être publié. Encore. Enfin. Je voulais écrire. J'avais tout abandonné un an auparavant pour m'y remettre, pour y croire. J'avais l'impression d'avoir accompli quelque chose et que, de toute la noirceur que j'avais broyée, ressortait cette petite lumière là. Une semence d'espoir. Je n'ai rien dit à Jean-Marc. Il le saurait bien assez vite de toute façon. C'était mon secret, ma petite fierté.

— J'ai des plans, Jean-Marc, t'en fais pas. D'ailleurs, si tu tiens vraiment à m'aider, je ne refuserais pas quelques-uns de tes contacts. Ça, ça me serait utile.

Je l'ai serré dans mes bras avant de le laisser partir, comme je l'aurais fait avec un vieil ami. Jean-Marc Hudson, lui que j'avais connu si sûr de lui, si grand, si fier, m'apparaissait désormais triste et ordinaire. J'espérais ne pas en être la cause. Je n'avais pas cherché à le blesser. Je n'avais que profité de sa générosité, de son attirance envers moi, à ses dépens peut-être, mais malgré moi. L'appât du gain avait été plus fort que la raison, mais jamais je n'aurais cru que ça puisse me transformer autant.

— Je suis en train de préparer mon party de fête annuel. Ça risque d'être assez spectaculaire, j'aimerais ça que tu viennes.

Un an déjà. Ça me semblait si loin. Un petit hochement de tête, suffisamment pour qu'il soit satisfait. Mais je savais à l'intérieur de moi que je n'irais pas. Je ne voudrais pas voir cela. Je ne supporterais pas de le voir, accompagné d'un autre. Sophie m'avait dit un jour : *Tu es pas le premier et sûrement pas le dernier.* Elle avait raison. Je ne pouvais qu'imaginer celui dont j'avais pris la place. L'avais-je déjà croisé ? Avait-il eu ce que moi, j'avais eu avec lui ? Je préférais ne pas connaître les réponses à ces questions, me garder le souvenir de nous deux tel qu'il était. Unique. Je l'ai regardé partir, le long du corridor, la gorge nouée. Je ne le reverrais sans doute plus. Ce n'est qu'une fois les portes de l'ascenseur refermées que j'ai vu qu'il avait laissé l'enveloppe sur la table.


L'hiver est arrivé en catimini, comme une mauvaise habitude. Les jours se sont faits plus gris, plus sombres. J'ai passé de longues journées à écrire, la tête ailleurs, comme si le temps s'était arrêté. Puis un jour, vers la fin du mois de novembre, Joanna a appelé.

— *You never give up, do you ?*

Je lui avais envoyé des tonnes de messages par Internet. Pas d'excuses. Juste des pensées, des petites nouvelles, des potins savoureux, des trucs qui me passaient par la tête, que j'avais envie de partager avec elle. J'avais même tenté d'entrer en contact avec elle à travers son agence là-bas. J'attendais. Je savais qu'elle finirait par flancher, un pressentiment. Je refusais de l'avoir perdue. Pas comme ça. *When the timing's right,* avait-elle dit. J'avais décidé de provoquer le moment propice.

— *Never.*

Le son de sa voix m'a rempli de bonheur. Ça surpassait toutes les drogues, tous les alcools du monde. Nous avons parlé, de tout et de rien, du temps qu'il faisait à New York, des livres que nous avions lus. C'était comme si nous ne nous étions jamais quittés. Je la sentais loin, mais si proche. Ma Joanna. Juste à l'entendre, les effluves de son parfum me revenaient. Si je fermais les yeux, elle était là, à mes côtés.

Chaque soir, comme un adolescent amoureux, j'attendais patiemment que le téléphone sonne pour réentendre sa voix. Petit à petit, nous avons recollé les morceaux de notre relation brisée, nous avons reformé le casse-tête que nous avions délibérément découpé. *I miss you,* que je lui ai dit. Elle a ri nerveusement. Dans le silence qui a suivi, j'ai compris qu'elle hésitait à me dévoiler que c'était réciproque. Je connaissais ce silence-là, je le lui avais servi tellement souvent.

— Alors prouve-le, a-t-elle murmuré.


J'ai remis mes clés à Cédrik. Un sourire niais s'est dessiné sur son visage. Il allait me manquer. Je lui ai laissé tous mes biens, tous mes meubles. Il avait toujours voulu un loft comme le mien, il en avait maintenant les moyens. Ça ne me ressemblait pas de toute manière. Ça ne m'avait jamais ressemblé.

— T'es certain que c'est ça que tu veux, Émile?

Jamais auparavant je n'avais été aussi persuadé de quelque chose. Toute ma vie, j'avais dicté mes actes en fonction des autres. Cette fois, c'était pour moi, pour moi seul. Le saut que je m'apprêtais à effectuer était immense, voire insensé. Mais il était nécessaire, vital. Je me lançais dans l'inconnu, en chute libre, sans savoir ce qui m'attendait là-bas. Peu importe le regard des autres, peu importe leurs jugements. Je l'aimais. Je le savais maintenant.

J'ai fait une accolade à mon ami, le seul qui me restait. C'est tout ce que j'abandonnais. Nos routes continueraient de se croiser, j'en étais sûr. Nous avions trop vécu de choses ensemble pour nous oublier. J'ai enfilé mon manteau long, mon sac d'armée bourré de vêtements, de quelques livres et de mon ordinateur portable. Je n'avais besoin de rien d'autre.

Puis j'ai quitté mon appartement. J'ai quitté Cédrik. J'ai quitté le centre-ville. J'ai fait mes adieux à cette vie que j'avais tant voulue. Elle me paraissait bien futile soudainement. J'ai quitté la ville.

Au terminus, avant d'entrer dans l'autocar qui me mènerait à New York, j'ai fait un arrêt dans une cabine téléphonique. J'ai regardé le téléphone public longuement, comme si j'hésitais à composer le numéro maudit. Je me suis allumé une dernière cigarette et j'ai inséré quelques pièces dans l'appareil. À chaque sonnerie, j'ai dû me retenir pour ne pas raccrocher. J'étais nerveux et excité de partir. Mais je me devais de faire ce dernier appel, pour moi. J'ai entendu le déclic, sa petite voix rauque à l'autre bout du fil. *Bonjour. Nous sommes dans l'impossibilité de vous répondre...*

— Salut, maman. C'est moi... Je voulais te dire que je suis heureux. Je suis peut-être gros, mais honnêtement, aujourd'hui, je m'en fous. Je suis heureux. J'ai cru que ça te ferait plaisir de le savoir. Je t'appelle de New York, OK?

J'ai raccroché le combiné en soupirant, en expirant tout le poids qui restait sur mes épaules. Je me sentais plus léger que jamais, plus mince et plus beau que jamais. Je me sentais moi-même, comme si mon âme et mon corps ne formaient qu'une seule entité. Il y avait bien des années que je n'avais pas ressenti une telle sensation. Celle de l'enfance. L'impression de flotter. Pendant des mois, j'avais tenté de retrouver l'état de grâce qui m'avait assailli au Mexique, à coups de fêtes, de drogue, d'alcool et de sexe, sans jamais l'atteindre. La liberté que je venais de m'offrir en cadeau remplissait mon ventre, mon être. Je sentais sa douce impulsion faire battre mon cœur, alléger mon cerveau.

Je suis monté dans l'autocar au moment même où le chauffeur démarrait le moteur. Je n'ai pas regardé par la fenêtre pour voir la ville disparaître. J'ai regardé devant, droit devant, la route défilant à toute vitesse, vers ma vie. Vers New York. Vers Joanna. Après toutes ces années perdues à vouloir être quelqu'un d'autre, j'avais l'impression soudaine que le monde m'appartenait.

Achevé d'imprimer en octobre 2014
sur les presses de
Marquis imprimeur
Dépôt légal : octobre 2014

Imprimé au Canada